Victor Darttey

Recherches sur l'origine des peuples du nord et de l'occident de l'Europe

Antigonos

Victor Darttey

Recherches sur l'origine des peuples du nord et de l'occident de l'Europe

Réimpression inchangée de l'édition originale de 1839.

1ère édition 2024 | ISBN: 978-3-38605-745-5

Antigonos Verlag est une marque de Outlook Verlagsgesellschaft mbH.

Verlag (Éditeur): Outlook Verlag GmbH, Zeilweg 44, 60439 Frankfurt, Deutschland
Vertretungsberechtigt (Représentant autorisé): E. Roepke, Zeilweg 44, 60439 Frankfurt, Deutschland
Druck (Imprimerie): Libri Plureos GmbH, Friedensallee 273, 22763 Hamburg, Deutschland

LES IBÈRES.

ERRATA.

—

Page 22, ligne 20, *Æstrymnides.* Lisez : OEstrymnides.

Page 24, ligne 9, *avons parlé plus haut.* Lisez : parlerons aux pages 28 et 29.

Page 27, ligne 10, *Conëron.* Lisez : Couëron.

Page 44, ligne 10, *ibérique.* Lisez : ibérienne.

SAINTE-MÉNEHOULD, IMPRIMERIE DE POIGNÉE-DARNAULD.

RECHERCHES

SUR L'ORIGINE

DES PEUPLES DU NORD

ET

DE L'OCCIDENT DE L'EUROPE.

PAR M. DARTTEY,

SOUS-PRÉFET DE SAINTE-MÉNEHOULD, MEMBRE DE LA LÉGION
D'HONNEUR ET DE PLUSIEURS ACADÉMIES.

Res verè ardua.

PLINE.

Les Ibères.

PARIS,

CHEZ H. COUSIN, ÉDITEUR,

A LA LIBRAIRIE ENCYCLOGRAPHIQUE,

RUE JACOB, N° 25.

1839.

SOMMAIRE.

—

Les Ibères et les Celtes sur le sol de la Gaule. — Très-ancien nom des Ibères. — Lieux qn'ils ont occupés. — Étymologies du nom d'Ibères. — Leur origine. — Leurs antiques migrations. — Type Ibérien. — Mœurs. — Costume. — Religion. — Langue. — Les Armoricains. — Les Vascons. — Les Aquitains. — Erreur sur les Kymri. — Les Ibères du Caucase. — Passage des Celtes dans la Péninsule Ibérienne. — Persistance du type ibérien. — L'Empire Basque. — Les Bretons. — Décadence du monde ibérien.

RECHERCHES

SUR L'ORIGINE

DES PEUPLES DU NORD

ET

DE L'OCCIDENT DE L'EUROPE.

LIVRE II.

CHAPITRE VI.

Les Ibères.

Sur ce même sol de la Gaule où s'agglomérait en grandes hordes l'espèce celtique, vivaient dans des temps auxquels l'histoire ne remonte pas, des hommes venus de l'ouest, et que distinguaient des Celtes les signes les plus caractéristiques.

Divisés en tribus peu disposées à se confédérer [1],

---

[1] La guerre des Romains, en Ibérie, leur coûta beaucoup de temps, par cela même que ce pays étant divisé en plusieurs petits états, ils furent obligés de les combattre les unes après les autres. (*Strabon.* L. III. c. 4. §. 5.)

et sous cette appellation à peu près identique de *Cunètes*, *Cunéens*, *Cynètes* ou *Cynésiens*, que tout semble démontrer avoir été un de leurs très-anciens noms [1], les hommes de cette

[1] Les Celtes touchent aux *Cynésiens*, qui sont les derniers peuples de l'Europe du côté du couchant. (*Hérodote*. L. II. c. 33.)

Les Celtes sont les derniers peuples de l'Europe du côté de l'occident, si l'on en excepte les Cynètes. (*Hérodote*. L. IV. c. 49.)

Étienne de Byzance assure que l'on dit également bien *Cynètes* et *Cynésiens*.

Le pays attenant au cap Sacré en Ibérie (*cap Saint-Vincent actuel*) s'appelle Cunéus. (*Strabon*. L. III. c. 1. §. 2.)

Les bois des Tartessiens où les Titans firent, dit-on, la guerre aux Dieux, sont habités par les Cunètes. (*Justin*. L. XLIV. c. 4.)

Tartessus, *Tarsis*, de la Bible, *Gaddir*, *Cadiz* des Phéniciens : *lieu ceint de digues*, selon le périple d'*Himilcon*.

Hérodore, cité par Étienne de Byzance, nomme les *Cunètes*.

Appien, guerre ibérique, parle des *Cunéens*, et d'une de leur ville appelée *Cunistorgis*.

Strabon, liv. III. c. 2. §. 1. mentionne en Ibérie, *Conistorsis*, ville célèbre.

Le nom de *Conisques* rappelé par *Strabon*, liv. III. c. 4. §. 8. et celui de *Coniaques*, cité un peu plus loin, semblent se rattacher à ces antiques dénominations.

Gosselin, dans ses notes sur le livre II , de *Strabon*, pense qu'il est probable que le nom « *Cynètes*, *Cunètes* » appartient à la langue des Ibères. » Et sur le passage du livre III. c. 2. §. 2. cité plus loin, où *Strabon* rapporte que l'Espagne fut long-temps infestée par des lapins, il établit que « *Cuniculus* (lapin) en latin, paraît dériver de » la même source que *Cunéens* et *Cunètes*, noms évidem-» ment Ibères. »

race , plus connus sous les dénominations diverses d'*Ibères*, d'*Hispaniens* [1], de *Ligures* [2], de

[1] Aux extrémités de l'Europe, près des colonnes d'Hercule, habite la courageuse nation des Ibères. (*Denys
Périégète*, v. 280.)

Les anciens appelèrent l'Espagne, d'abord *Ibérie......*
et ensuite *Hispanie*. (*Justin*. L. LXIV. c. 1.)

On regarde les Pyrénées comme limites de l'Ibérie, à
laquelle on donne aussi le nom d'*Hispanie*. (*Strabon*.
L. III. c. 4. §. 9.)

[2] Les Ligures ne sont point de la race des Celtes. (*Strabon*. L. II. c. 4. § 8.)

Étienne de Bysance, place dans le sud-ouest de l'Espagne , près de Tartesse , une ville séjour des Ligures, qu'il
appelle *Lygistiné*.

Hipparque expose, ce qu'*Eratosthène* dit relativement
aux pays situés à l'ouest du Pont-Euxin ; savoir , que cette
portion du continent présente trois espèces de grands Pro-
montoires, dont l'un est le Péloponèse, l'autre le Promontoire Italique, et le troisième le Promontoire Ligustique.
(*Strabon*. L. II. c. 1. §. 11.)

Ce dernier est évidemment la Péninsule ibérique.

« Les anciens Grecs donnèrent au pays habité par les
Ligures Salyes, le nom de *Lygistique*, et aux Salyes celui
de *Lygies*. » (*Strabon*. L. IV. c. 6. §. 2.)

Les Liguriens, appelés *Ligustins* par quelques auteurs,
(*Plutarque*, Paul Emile. C. 6.)

On plaçait aussi des *Lygiens*, car tous ces noms sont
synonymes, sur la Vistule, et vers le milieu de son cours.

« Au-delà des montagnes de la Suévie, habitent plusieurs
nations : celle qui s'étend le plus au loin est celle des
Lygiens, qui, sous le même nom comprend beaucoup de
peuplades : il suffira de nommer les plus considérables ,

Sicanes [1] etc., peuplèrent le littoral du sud de l'Espagne, et celui de la Gaule, en remon-

les *Aries*, les *Helvécones*, les *Manimes*, les *Elysiens*, et les *Naharvals*. (*Tacite*, Germanie. C. 43.) »

Ce sont les *Luïi* de Strabon, les *Luti* et *Longi* de Ptolémée.

Dans les notes de sa traduction de Tacite, M. *Panckoucke*, au sujet de *Lygiorum nomen*, fait observer que « le » texte de *Kappius* a *Legiorum ;* mais l'on trouve un peu » après *Lygios*. L'édition de J. de *Spire*, présente la même » variété de leçon. On lit *Legiorum* dans l'édition de » Rome. » Il y a donc une grande incertitude sur le véritable nom de ces peuples.

Il y en a un peu moins sur le lieu qu'ils occupaient. *Cluvier* les place dans la Silésie actuelle, à qui les *Elysiens* ont bien pu donner son nom. Le P. *Joly* pense que le lieu de leur assemblée était *Carrodunum*, que l'on croit être *Cracovie*. » Enfin *Malte-Brun* (Géogr. T I. p. 110) dit : « Les *Luii*, nous paraissent être les *Lygii* des au- » teurs Romains, les *Lièches* du moyen âge, et parcon- » séquent les ancêtres des Polonais modernes. »

Mais la Pologne n'est qu'une immense plaine, nature de territoire antipathique aux montagnards Ligures, et rien dans les noms des peuplades cités par Tacite, pas plus que dans celui de *Carrodunum*, ne rappelle une origine Ibérienne, Ligurienne ou Basque.

On plaçait aussi des Lygiens en Asie ; mais ceux-ci étaient de véritables Ibères : nous le verrons plus loin.

« *Philistus* a écrit que les Sicaniens étaient une colonie d'Ibériens, qui avant qu'ils vinssent s'établir en Sicile, habitaient les rivages du fleuve *Sicanus*, dont ils avaient pris leur nom. (*Diodore de Sicile.* L. v. c. 5.)

Ce furent les Sicaniens qui commencèrent à défricher les campagnes de Sicile ; ils étaient originaires de l'Ibérie,

tant vers l'Océan du nord , jusqu'en Albion [1] , et même en Hibernie [2]. Au midi de

. et donnèrent à l'île déserte, le nom du fleuve de leur patrie qu'ils avaient quittée. (*Silius Italicus*. L. xiv. v.35.)

Le *Sicanus* ou *Sicaris*, actuellement la *Sègre*, se jette dans l'*Ebre*, peu loin de *Lérida*.

[1] Les côtes de l'Océan, la plus reculée des mers navigables, sont habitées par les Celtes et les Ibères , et l'on y trouve une île nommée Bretagne. (*Pausanias*, Attique. C. 33.)

Le teint basané des Silures, (dans l'île de Bretagne) leurs cheveux la plupart crépus, et leur position en face de l'Espagne, font croire que les Ibères ont autrefois traversé ces mers, et occupé ces demeures. (*Tacite*, Agricola. C.11.)

Les îles *Silures* (probablement les Sorlingues). (*Solin* , c. 22. §. 10.)

Voici les trois *piliers de la nation*, dans l'île de Bretagne :

Le premier fut *Hu-le-Puissant*, qui amena la nation le premier dans l'île de Bretagne ; et ils vinrent de la contrée de l'été qui est appelée *Defrobani*.

Voici les trois *tribus sociales* de l'île de Bretagne :

La seconde fut la tribu des *Lloegriens*, qui venaient de la Gascogne. (*Probert.*)

[2] L'Irlande est appelée :

Ierne, par Strabon.

Hibernia, par Avienus, César, Tacite.

Ivernia, par Ptolémée.

Inverna, par Pomponius-Méla.

Iris, par Diodore de Sicile.

Erin, c'est-à-dire, *Ile de l'Ouest*, par Amédée Thierry.

Le mot *Hibernia* rappelle involontairement la racine *Iber*.

Nous avons vu, livre 1er, chapitre 4, qu'une antique tradition fait arriver en Irlande les Milésiens , colonie

la Gaule, ils suivirent les côtes de la Méditerranée [1], pénétrèrent en Italie, dont ils gar-

venue d'Espagne, mais originaire de *Phénicie*, sous la
conduite des enfants de *Gollamh*, fils de Bile.

On lit dans Balbi, introduction à l'Atlas Ethnographique,
page ij, « selon *Hervas*, dans l'ancien calendrier irlandais,
» le mois de Février est appelé *Cedmion don earrach*,
» mots qui signifient : *Premier mois du Printemps*, ce
» qui ne peut nullement convenir au climat de l'Irlande,
» où il fait encore très-froid à cette époque. »

« Il est impossible de ne pas reconnaitre, dans ce qui
subsiste aujourd'hui de l'ancienne population irlandaise,
une race d'hommes de même origine que celle qui habite
aujourd'hui les pays chauds du midi de l'Europe. » (*Augustin Thierry*. Dix ans d'études historiques, page 153.)

Nous verrons bientôt les Ibères descendre du plateau
abyssinien, ce qui rend très-naturelle l'observation suivante :

Les anciens irlandais, comme les Ethiopiens et les Abys-
siniens, commençaient leur alphabet par la lettre B. (*Irish
Dict. remarks on the letter A.*)

[1] On trouve des Ligures dans la Gaule. (*Itinér. d'Antonin.*)
Les Ligures habitent quelques parties de la Gaule. (*Denys
d'Halic.* L. i. c. 2.)
Scylax, en son périple, nomme *Lygies*, les peuplades
Ligures établies entre les Pyrénées et le Delta du Rhône.
Tout le pays... au-dessus de Marseille,... est habité
par les Liguriens. (*Polybe.* L. ii. c. 3.)
Les iles des Marseillais et des Ligures. (*Strabon.* L. ii.
c. 4. §. 8.)
D'Antibes à Marseille, et même un peu plus loin, s'étendent les Ligures Salyes. Ils habitent cette partie des Alpes
qui domine la côte... Ces peuples tenaient fermé le chemin qui mène en Ibérie. (*Strabon.* L. iv. c. 6. §. 2.)

dèrent les passages abruptes [1], et s'avancèrent jusqu'en Sardaigne [2] et en Sicile, où parait avoir

L'*Ibéro-Ligurie*, comprenait toute la côte des Pyrénées, à l'occident du Rhône, jusqu'à la ligne des Cévennes.

La *Celto-Ligurie*, tout le pays à l'Orient du Rhône, entre l'Isère, les Alpes, le Var et la Méditerranée.

Ce qui a fait dire à M. Moke : Le sang Ibérien domine dans la moitié de la France. (Tome. 1.)

[1] Après la Gaule Narbonnaise, se présente l'Italie, à l'entrée de laquelle sont les Ligures. (*Pline.* L. III. c. 5.)

Entre les barbares qui s'opposèrent au passage d'Hercule en Italie, il fut arrêté par les Liguriens, qui postés à l'entrée des Alpes, firent une résistance digne de leurs forces et de leur valeur. (*Denys d'Halic.* L. I. §. 33.)

Les Romains ne voulaient pas détruire les Liguriens qu'ils regardaient comme une forteresse, et un boulevart contre les mouvements des Gaulois, qui ne cessaient de menacer l'Italie. (*Plutarque*, Paul Emile. c. 6.)

De l'autre côté des montagnes vers l'Italie, on trouve les *Taurini* (de Turin), nation Ligurienne, et quelques autres peuples de la même origine. Ce qu'on appelle le domaine d'*Idéonnus* et *Cottius*, appartient également à ces peuples. (*Strabon.* L. IV. c. 6. §. 4.)

Le pays, tant du côté de la mer de Tyrrhénie, jusqu'à Pise, qui est la première ville de l'Etrurie au couchant, que du côté des plaines jusqu'aux Aretins, est habité par les Liguriens. (*Polybe.* L. II. c. 3.)

On trouve des Ligures en Italie parmi les peuples appelés Gaulois. Ce sont les *Euganœi*, les *Stoni*, les *Vagieni*, etc.

(*Gruter* ex festus. *Étienne de Bysance. Solin.* c. 8.)

[2] Les Ibériens passèrent en Sardaigne sous la conduite de *Norax*, et ils fondèrent *Nora*, qui fut à ce que l'on dit la première ville de cette île. (*Pausanias*, Phocide. c. 17.)

été le terme de leurs migrations de ce côté [1].

On a, sans éclaircir la question, longuement et savamment discuté, pour découvrir quel fut le premier nom des habitants de l'Espagne, et d'où ce nom tirait son origine [2]. Quant à celui d'*Ibère*,

[1] Les Ibères, nous dit Ephore, passaient pour les plus anciennement établis en Sicile. (*Strabon.* L. vi. c. 3. §. 5.)

Les Sicules vinrent en Sicile pour fuir les Opiques. Ils combattirent les Sicaniens, en furent vainqueurs,.... c'est par eux qu'elle prit le nom de *Sicile* au lieu de celui de *Sicanie.* (*Thucydide.* L. vi. c. 2.)

Bientôt, après l'arrivée des Sicanes, des Liguriens, sous la conduite de *Siculus*, changèrent le nom de ce pays, dont ils faisaient la conquête et lui donnèrent celui de leur Roi. (*Silius Italicus.* L. xiv. v. 37.)

Philiste de Syracuse, historien, rapporte que ceux qui sortirent d'Italie, et arrivèrent en Sicile, n'étaient ni Sicules, ni Ausones, ni Elimes, mais Liguriens. (*Denys d'Halic.* L. i. c. 14.)

[2] Ce fut *Pan*, lieutenant de Bacchus, qui donna son nom à toute la contrée dite *Hispanie.* (*Pline.* L. iii. c. 1.)

Le nom d'*Hispania* prévalut, et je ne puis m'empêcher de le faire venir des deux mots Bretons, *Is-Pen*, ou *Es-Pen, la tête, l'extrémité,* lesquels indiquent bien sa position géographique relativement à la Gaule. (*Ledeist de Botidoux*, p. 133.)

Pan ou *Yspan* en langue Celtique (Bretonne), montueux, plein de montagnes, telle est l'Espagne.

Peut-être que les chênes verds, dont il y a nombre en Espagne, et dont les habitants mangent le fruit comme des noisettes, donnent le nom à cette contrée. Personne n'ignore combien les Gaulois estimaient le chêne..... *Spaign*,

Pelloutier [1], et quelques autres, avaient entrevu qu'il était d'abord purement appellatif, et tiré d'une

Derv-Spaign, en Celtique (Breton) chêne verd, *Ysspaign*, pays des chênes verds.

Enfin *Ezpaina*, signifie *extrémité*, les anciens appelaient l'Espagne, *ultima tellus*, *la terre finale*. (*Bullet*. Tome I. p. 409.)

Iberi, c'est-à-dire, proprement les peuples qui habitent l'extrémité de la terre, du mot Syriaque, *Ebrin* ou *Ibrin*, qui signifie *la fin*, *le bout*; car les anciens ne connaissaient rien au-delà, et l'Espagne était pour eux le bout du monde. (*Dacier*, notes sur Horace, tome IV. p. 111.)

Span, en phénicien *Lapin*.

« Les animaux nuisibles sont fort rares en Ibérie, si ce n'est cette espèce de petits lièvres qui creusent sous terre et que quelques-uns nomment *Léborides* (lapins). Ils détruisent les semailles et les arbres dont ils rongent les racines. Ce fléau est commun à l'Ibérie presqu'entière, et s'étend jusqu'à Marseille ..... Les Ibères ont inventé plusieurs moyens de faire la chasse à ces animaux, et entre autres celui des furets, qu'on apporte de Lybie. » (*Strabon*. L. III. c. 2. §. 2.)

C'est très-probablement cette tradition qui a fait représenter sur des médailles et sur des bas-reliefs, l'Espagne sous la figure d'une femme, et à côté d'elle un lapin.

Span signifie aussi *caché,* sans doute parce que l'Espagne est en quelque sorte cachée au reste du monde.

Selon *Astarloa*, *España* signifie bord. L'Espagne était le bord du monde.

Suivant le président *de Brosses, Isp,* dans les langues de l'orient, veut dire cheval. *Hispania* pays des chevaux.

[1] Le nom d'Ibères était un nom purement appellatif; il désignait en général un peuple établi au-delà d'une mon-

position topographique, par exemple : *au-delà du fleuve, au-delà de la montagne ;* ce radical paraissant appartenir aux langues sémitiques [1].

On a taxé les Grecs d'erreur, d'avoir donné ce nom aux habitants de l'Espagne ; mais si l'on veut bien ne pas perdre de vue les principes sur lesquels repose la nomenclature des anciens, et remarquer que cette qualification *Ibères,* s'applique à cette collection de peuples dont nous avons donné les noms principaux, et qui se ressemblaient plus entre eux qu'à aucune autre collection de peuples, qu'aux Celtes, si l'on veut, on acceptera ce mot qui présente un sens bien déterminé, sans équivoque, et d'autant plus qu'il devint plus tard le nom générique et historique de certaines nations [2].

Si l'on jette les yeux sur une bonne carte de l'Afrique, et que l'on parcoure cette zone, située entre le dixième et le quinzième degré de latitude boréale, et qui s'étend sur près de 1800 lieues, du cap *Vert* au cap *Guardafui,* c'est-à-dire dans

tagne, au-delà d'un fleuve ou d'une mer. (T. I. p. 45 et 200.)

Étienne de Bysance dit la même chose.

[1] On peut consulter à ce sujet l'ouvrage de l'*Ibérie* de M. *Graslin,* et le chapitre ayant pour titre : *De l'origine du mot Ibères et de tous ses composés.*

[2] Quand les noms historiques des Ibériens et des Celtes eurent rempli la partie occidentale de l'Europe.... (*Malte-Brun,* géogr. T. I. p. 40.)

la plus grande largeur de la péninsule africaine,
on découvrira à l'est, par le 38ᵉ degré de longitude,
le plateau Abyssinien, où se ramifie une chaîne
élevée et considérable, se dirigeant : au nord,
vers la mer Rouge qu'elle cotoie ; à l'ouest, par
le plateau de *Gingiro*, vers les monts de la Lune,
(Alpes de Kumri).

Ce vaste plateau de l'Abyssinie qui touche à
l'Asie, et qui n'en est séparé que par le détroit de
Bab-el-Mandeb, que d'illustres Géographes pensent
même n'avoir pas toujours existé [1], est recouvert
de forêts éternelles, suspendues à des rochers
inaccessibles [2]. Ce pays, coupé de plaines fer-
tiles [3] et de torrents impétueux, est soumis à de

[1] Bory de Saint-Vincent.

[2] C'est chose étrange et pleine de terreur que ces forêts
suspendues sur d'affreux précipices.

La montagne de *Lure*, dans le département des Basses-
Alpes, peut donner une idée de ces grands accidents de la
nature. Des forêts y sont situées sur des plans tellement
inclinés, que ce n'est qu'à grande peine que l'homme peut
gravir ces lieux que leur position soustrait, en dépit de la
loi, au régime forestier. Parvenu à des hauteurs qu'on
pourrait croire inaccessibles, l'agile habitant des Alpes,
armé d'une coignée, abat quelques arbres choisis qui
tombent par leur propre poids au fond du vallon ; mais
telle est la hauteur de la chute, que la plupart n'arrivent
que fracassés, et il en faut détruire un assez grand nombre pour obtenir les pièces pouvant servir aux travaux de
construction auxquels on les destine.

[3] Les Turcs donnent le nom de *Jardin de Dieu*, à la

fréquentes et terribles inondations, et traversé par ce *fleuve bleu* [1], qu'on a si long-temps regardé comme la véritable source du Nil. C'est là que fut très-probablement le berceau de l'espèce sémitique [2]. Non qu'il faille entendre par cette expression la propre lignée de *Sem*, ou de l'*Adam* des Hébreux, mais y reconnaître des peuples qu'un aspect physiologique semblable, corroboré par des idiomes offrant une grande affinité entre eux, a fait classer dans le groupe des nations sémitiques.

Les grandes divisions ou races de cette espèce, sont les *Arabes* et les *Hébreux* [3], sous lesquelles

partie de la côte dont ils sont les maîtres, ce qui rappelle la tradition de l'*Eden*, *Paradis terrestre*.

[1] L'*Astapus*. (*Strabon*. L. xvii. c. 1. §. 1.)

[2] Les Mahométans connaissent le *Paradis terrestre*, sous le nom de *Jardin d'Eden*, ou *Jardin de délices*. Ils le placent ordinairement dans l'Arabie, où l'on trouve plusieurs lieux du nom d'*Eden*. (*D'Herbelot*, bibliothèque orientale, p. 57 et suiv.)

[3] Je prie les savants de rechercher d'où pourrait venir cette grande ressemblance entre les noms arabes et les noms hébreux? (*Niebuhr*. Description de l'Arabie, p. 251.)
Malte-Brun (Annales des Voyages) trouve que presque tous les noms de lieux dans le centre de l'Afrique, sont hébraïques, ou dérivent de cette langue.
L'Abyssinie est surtout peuplée de juifs primitifs.
« Les Falashas, dont parle Bruce (T. III. liv. ii. c. 2), sont des juifs dans toute leur pureté, établis en Abyssinie de temps immémorial. Ce sont des Autocthones demeurés

viennent se ranger une foule de nations dispersées
de temps immémorial, en Asie, en Afrique et en
Europe : les Phéniciens, les Syriens, les Chaldéens, etc. [1] Tous ces peuples semblant à leur ori-

sur la terre natale, quand la famille de *Jacob* descendit vers
l'embouchure du Nil. » (*Bory de Saint-Vincent.* T. I. p. 220)

D'autres, avec plus de fondement, croient les juifs sortis
de l'Éthiopie. (*Tacite*, Histoires. L. VIII. c. 3.)

L'Abyssinie et le Sennaar sont voisins de l'Éthiopie, et
en faisaient partie chez les anciens.

Le général Reignier, l'un des héros de l'immortelle expé-
dition d'Égypte, est le premier qui, dans un excellent
mémoire sur le pays de Sennaar, ait entrepris de prouver
que le Sennaar des livres hébreux, est la contrée qui porte
encore le même nom au confluent du Nil bleu et du Nil
blanc. Il pense que les juifs étaient originaires d'Abyssinie,
et que l'histoire du déluge de Noé venait de l'île de *Méroé,*
sujette à d'épouvantables inondations dans la saison des
pluies par le débordement des fleuves. (*Bory de Saint-
Vincent.* L'Homme. T. I. p. 212.)

Voy. le mot *Reynier*, à l'Appendice.

Karam (la vigne) en hébreu et en arabe.

« La vigne de l'Afrique septentrionale fut peut-être la
première qu'on soumit à la culture, car c'est elle qui spon-
tanément et sans travail donne les meilleures grappes. »
(*Link.* T. II. p. 571.)

N'en pourrait-on pas induire le séjour de *Noé* dans le
nord de l'Afrique.

[1] Ces trois langues (l'hébreu, le chaldéen, l'arabe), n'en sont
qu'une. (*Guillaume Postel. de lingua arabica.* c. 8. p. 32.)
L'arabe, l'hébreu, l'araméen, ou l'ancien syriaque
ont autant de rapports entre eux que l'italien, l'espagnol
et le français. (*Malte-Brun*, géograph. T. I. p. 20.)

gine pivoter autour de la mer Rouge (mer Erythrée),
et se détacher du plateau abyssinien [1].

Les uns franchissant les limites de l'est, se diri-
gèrent sur l'Asie ; d'autres traversant le *Bahr-el-
Abiad, fleuve blanc* [2], source réelle du Nil, au sein
des montagnes de la Lune, peuplèrent le *Darfour*
et le *Soudan,* à l'ouest. D'autres enfin, sous le
nom de *Berbères* [3], d'*Ibères,* ou d'*Eber,* radical
du mot Hébreux, descendirent dans le *Sennaar* [4],

[1] Les Phéniciens habitaient autrefois sur les bords de la
mer Erythrée, comme ils le disent eux-mêmes. (*Hérodote*
L. vii. c. 89.)

[2] L'*Astaboras.* (*Strabon.* L. xvii. c. 1. §. 1.)

[3] *Malte-Brun* dérive, avec grande apparence, *Berbères*
du mot *Barbares*, générique pour la race pélasgique de
toutes les nations qui lui étaient étrangères ; toutefois
Étienne de Bysance est le premier qui ait spécialement ap-
pliqué la dénomination de *Barbaria* aux contrées d'Afrique.
Il est infiniment probable que ce mot *Berbères* soit le
redoublement du radical *Ber*, d'*Eber*, *Ibères*, *Hibernes*,
dont il ne diffère pas sensiblement.
Plusieurs noms de peuples très-anciens présentent ce
redoublement qui se retrouve aussi dans certaines langues, et expriment l'extension, par exemple : *handi han-
dia*, en basque, signifie *grand grand*, c'est-à-dire très-
grand.

[4] Et comme (les enfants de Noé) venaient de l'orient,
ils arrivèrent dans les champs du *Sennaar* et y habitèrent.
(*Génèse.* c. 11. §. 2.)
Le plateau de l'Abyssinie est en effet situé au levant du
Sennaar ; mais il faut convenir que c'est le seul passage de

par le *Bahr-el-Azrek*, *fleuve bleu*, et arrivèrent à son confluent avec le *fleuve blanc*, point précis où le Nil commence à recevoir son nom. Plus tard, ils se propagèrent dans la vallée du Nil, sans avoir jamais sans doute occupé sa partie basse [1].

Lors même que l'on n'admettrait pas ce que nous avons exposé chapitre premier de ce livre, que la péninsule ibérique ait été très-anciennement unie à l'Afrique, et séparée du continent européen par un canal représenté aujourd'hui par les bassins de l'Hérault et de la Garonne, il n'en resterait pas moins évident que les Ibères sont un groupe détaché dans les temps les plus reculés de l'espèce sémitique. La zoologie et la linguistique s'accordent à faire penser que les *Berbères* ou *Ibères* abandonnant la région du Nil, et s'avançant vers *la contrée du couchant* des Arabes, par les Oasis (Pays des Dattes) et la zone cultivable de la Barbarie, arrivèrent au versant boréal de l'Atlas, où laissant le gros des leurs [2], ils se ré-

la Bible qui puisse s'appliquer ici, car tous les autres, c. 10. §. 10. c. 14. §. 1. placent le *Sennaar* non loin de *Babylone*, en Chaldée, et quoiqu'on n'ait pu retrouver trace de ce *Sennaar* en Chaldée, il n'est pas impossible qu'il n'y ait eu deux contrées de ce nom.

[1] Ce n'est qu'au moyen de grands travaux exécutés par les hommes, que la Basse-Égypte est devenue habitable. (*Champollion le jeune*, Lettres écrites d'Égypte, p. 430.)

[2] Ces Berbères..... qui forment encore le fond de la population de l'Afrique septentrionale, nous offriraient-ils

pandirent dans cette portion du sud de l'Espagne, la plus appropriée à leurs habitudes [1].

Cette antique migration avait certainement commencé bien avant l'époque où la circoncision vint mettre le sceau à cette antipathie de l'étranger, normale chez les races sémitiques [2], puisqu'on ne retrouve chez les *Ibères* aucun vestige de cette

donc un débris de la grande race qui peupla d'abord l'ouest de l'Europe ? Il est difficile d'en douter. (*Moke.* T. I. p. 41.)

Les Berbères se trouvent aujourd'hui entremêlés de peuplades nègres, et quoique brunis par le climat brûlant du désert, ils montrent... des traits européens. (*Klaproth.* Journal *le Temps* du 11 juin 1831.)

Suivant *Léon* l'africain, les *Berbères* sont issus des Hébreux ; mais il les fait arriver en Afrique par un chemin singulièrement détourné, par la Grèce !

Les écrivains arabes soutiennent que les Hébreux sont venus en Afrique, s'y sont mêlés avec une colonie d'*Hémiarites*, et que c'est du mélange de ces deux nations que sont venus les Berbères.

[1] Hésiode dans sa Théogonie, v. 73, place les *Hespérides*, filles de l'Atlas, dans l'Océan occidental.

« D'où cette partie de l'Espagne fut nommée *Hespérie*, » de *Spérius*, *Espérius*, fertile. » (*Bullet.* T. I. p. 409.)

C'est l'*Andalousie*, qui comprenait la Bétique, *Tartesse* la riche, et le fameux jardin des *Hespérides*.

[2] Tout mâle dont la chair n'aura point été circoncise, sera exterminé du milieu de son peuple. (*Genèse.* c. 17. §. 14.)

L'époque d'*Abraham*, le premier qui mit en pratique la circoncision, est récente si on la compare avec les migrations que nous venons de mentionner.

opération douloureuse. Mais ce grand déplacement eut. peut-être pour cause, l'arrivée d'un nouvel essaim, les Egyptiens, qui occupèrent successivement la totalité de la vallée du Nil.

L'espace habité primitivement par les Ibères, au sud de l'Espagne, mais qui ne leur suffit pas long-temps [1]; rappelle à beaucoup d'égards les régions Africaines. On y rencontre des reptiles qu'on ne retrouve qu'en Afrique, et non seulement des singes sur le rocher de Gibraltar; mais encore le souvenir de l'existence de tels animaux, dans le groupe des montagnes de *Serrania-da-Ronda*, qui semble n'être qu'une dépendance de l'Atlas [2].

Ce qui caractérisait la constitution physiologique de l'Ibère, généralement sanguine, bilieuse et

[1] Les noms de lieux basques se retrouvent sur toute la Péninsule, sans exception, et par conséquent les Ibères étaient répandus dans toutes les parties de cette contrée. (*Guill. de Humboldt*. Essai sur la langue Basque.)

[2] *Bory de Saint-Vincent*, Résumé géographique, p. 7S. Séparées par le faible espace du détroit de Gibraltar, les côtes de la Barbarie et celles de la Péninsule espagnole semblent être continues, et reproduire les mêmes êtres. Ainsi l'on observe une singulière analogie, entre la flore d'Alger, et celle de l'Andalousie et de Valence. Les *oliviers*, les *orangers*, le *chamarops humilis*, le *ricin* arborescent, le *dattier*, y croissent également bien. (*Balbi*, abrégé de Géogr. p. 821.)

L'Andalousie est l'Afrique toute pure. (*Rosseeuw Saint-Hilaire*. T. 1. p. 5.)

nerveuse, c'était son peu d'embonpoint [1], sa taille moyenne [2], ses larges épaules, son fort jarret, sa vigueur sans pareille [3]. Sa peau était douce et unie, d'un blanc terne, légèrement basanée, sans presque d'incarnat aux joues. Cette race avait le corps très-velu [4], le visage ovale, le sommet de la tête un peu plus élevé que dans les autres ·espèces blanches, les dents incisives verticales, le nez bien fait, les yeux grands et noirs sans être gros, les cheveux et sourcils, noirs ou bruns, épais et natu-

[1] Les Liguriens sont extrêmement maigres ; mais en même temps très-nerveux. (*Diodore de Sicile.* L. v. c. 26.)

[2] Les Liguriens sont de médiocre taille. (*Diodore de Sicile.* L. iv. c. 6.)

La taille du Breton, selon Latour d'Auvergne, p. 257, ne s'élève pas au-dessus de 5 pieds 1 ou 2 pouces.

Les Arabes qui sont l'autre race de cette espèce, atteignent une taille plus élevée.

[3] Les Ibères égalent en force les bêtes féroces. (*Strabon.* L. iii. c. 4. §. 9.)

On peut dire en général que dans la Ligurie les hommes y ont la force des bêtes féroces... A la guerre, le plus faible Ligurien, ayant appelé à un combat singulier le Gaulois le plus grand et le plus fort, ce dernier a toujours été vaincu et tué. (*Diodore de Sicile.* L. v. c. 26.)

[4] Né des Celtes et des Ibères, et citoyen du Tage, ... j'ai les cheveux raides d'un Espagnol,... les jambes et les joues hérissées de poils. (*Martial.* L. x. ép. 65.)

Les Bretons et les Juifs sont restés les peuples les plus velus de l'espèce sémitique.

rellement touffus ; mais cette chevelure, les Ibères dans les derniers temps, la portaient très-courte, ce qu'ils avaient adopté pour n'être pas confondus avec les nations chevelues [1].

Organisés en troupes légères [2], ils harcelaient l'ennemi, sans l'attendre jamais en bataille rangée [3]. Endurcis aux travaux de la guerre [4], ils étaient habiles mineurs [5], et ni la faim, ni le froid, ni les feux du soleil, ne pouvaient abattre leur

[1] On les avait d'abord surnommés : *Capillati.*

Et toi, Ligure, qui avais les plus beaux cheveux de toute la Gaule, quand tu les portais encore flottants. (*Lucain.* L. i. v. 440.)

[2] Guérillas.

[3] Ne prenant avec eux que leurs armes seules, ils s'assemblent sur des montagnes escarpées ; formant ensuite de nombreuses troupes ils parcourent toute l'Ibérie... Il est très-difficile de les surprendre. (*Diodore de Sicile.* L. v. c. 23.)

Les Ibères pour ménager leurs forces morcelaient pour ainsi dire la guerre en plusieurs petits combats, qu'ils livraient tantôt d'un côté, tantôt de l'autre, à la manière des brigands. (*Strabon.* L. iv. c. 4. §. 1.)

Les Liguriens, peuples moins guerriers que brigands, qui mettaient leur confiance dans la vitesse de leur fuite, et la profondeur de leurs retraites. (*Florus.* L. ii. c. 3.)

[4] Là figuraient les Liguriens, nation endurcie aux fatigues de la guerre. (*Durum in armis genus.*) (*Tite-Live.* L. xxvii. c. 48.)

[5] On trouve dans le pays des Ibériens beaucoup de mines d'argent. (*Diodore de Sicile.* L. v. c. 23.)

courage qui était surtout celui de la résistance. Les femmes elles-mêmes se livraient aux travaux les plus rudes [1].

Des mines de plomb, de fer, de cuivre, d'argent, d'or, abondent dans toute l'Espagne. (*Pline.* L. III. c. 3.)

Dans la Turdétanie, on tire l'or non seulement des mines, mais encore des fleuves et des torrents. (*Strabon.* L. III. c. 2. §. 4.)

Les Sotiates... croyaient que le salut de l'Aquitaine dépendait de leur valeur, ils faisaient de fréquentes sorties, ou pratiquaient des mines sous des tranchées; car ils sont habiles à ces ouvrages, leur pays étant plein de mines d'airain qu'ils exploitent. (*César,* G. des Gaules, liv. III. c. 21.)

Tout le chap. XXV. du livre 5, de Diodore de Sicile, est consacré à la description des mines de l'Ibérie, et des moyens employés à leur exploitation.

[1] En Ibérie les femmes travaillent à la terre. (*Strabon.* L. III. c. 4. §. 9.)

Comme la terre qu'ils cultivent demande beaucoup de soins et de labour, les femmes mêmes sont accoutumées à partager avec les hommes tous leurs travaux. (*Diodore de Sicile.* L. IV. c. 6.)

Leurs femmes les aident dans leurs travaux, car elles ne sont pas moins laborieuses que leurs maris.... On peut dire en général que dans la Ligurie les femmes y sont aussi fortes que les hommes. (*Diodore de Sicile.* L. V. c. 26.)

En Bretagne, encore aujourd'hui, les femmes sont chargées des travaux les plus rudes de la campagne. Dans les marais salants, ce sont elles qui travaillent la nuit, et portent les fardeaux les plus lourds.

Ce fait a été reconnu par M. Michelet, particulièrement pour l'île d'Ouessant. (Hist. de Fr. T. I. p. 445.)

Agiles, remuants, infatigables [1], les hommes qui faisaient partie de cette race, comme si c'était une loi de leur organisation, s'écartèrent rarement des montagnes et du littoral [2], dont ils parcou-

[1] Les Liguriens... race d'hommes agiles et infatigables. (*Durum atque velox genus.*) (*Florus*. L. ii. c. 3.)

L'Italie a produit, le Marse, le Sabin, le Ligurien endurci à la fatigue. (*Assuetum que malo Ligurem.*) (*Virgile*, Georg. L. 2. v. 168.)

Le corps des Espagnols est dur à la faim à la fatigue,.. leur corps est agile, leur esprit remuant. (*Justin*. L. xliv. c. 2.)

L'éloignement où ils se trouvent des voluptés de la vie, leur donne une force et une agilité surprenantes. (*Diodore de Sicile*. L. iv. c. 6.)

[2] Il triumpha des Liguriens qui sont ceulx des montagnes et de la coste de Gênes. (*Plutarque*, Fabius-Maximus, c. 4.)

Ils occupent la portion des Alpes qui joint l'Apennin, et une portion de l'Apennin même. (*Strabon*. L. ii. c. 4. §. 8.)

Tous ces farouches montagnards (les Ligures) Salyens, Décéates, Oxybiens, Euburiates, Ingaunes,... cachés aux pieds des Alpes, entre le Var et la Macra..... échappèrent long-temps à nos armes. (*Florus*. L. ii. c. 3.)

Toute la côte (de Monaco), mais surtout sa partie montagneuse est occupée par les Liguriens. (*Strabon*. L. iv. c. 6. §. 2.)

Comme ils sont souvent obligés de passer sur des montagnes couvertes de neige, et par des lieux très-escarpés, leurs corps deviennent plus forts et plus agiles,.... ceux qui travaillent à la terre sont plus souvent occupés à casser les pierres qu'ils y rencontrent. (*Diodore de Sicile*. L. v. c. 26.)

raient les côtes dans de frêles barques, et avec une audace peu commune [1]. « Toutefois, dit » M. Michelet, les Ibères ne semblent pas avoir » eu le goût des expéditions lointaines, des guer-

Les habitants de la Ligurie apennine n'ont à labourer, à cultiver qu'un terrain fort âpre, ou plutôt, comme dit *Posidonius*, ils n'ont que des rocs à tailler. (*Strabon.* L. v. c. 3.)

Les Lygustins..... tenaient l'extrémité de l'Italie, qui va aboutissant aux grandes Alpes, et celle rangée mesme des Alpes dont le pied est baigné de la mer de Thoscane et qui regarde de vers la coste de l'Afrique. (*Plutarque*, Paul-Émile. C. 4.)

[1] Les Liguriens s'exposent aux plus horribles tempêtes dans des barques ordinaires. (*Diodore de Sicile*, L. v. c. 26.)

Montés sur des vaisseaux corsaires, ils faisaient alors des courses dans toute la mer de Toscane, jusqu'aux colonnes d'Hercule, et ruinaient le commerce des peuples voisins. (*Plutarque*, Paul-Émile. C. 6.)

Les peuples des îles *Æstrymnides*, (Cassitérides, Sorlingues, Silures,) qui abondent en étain,..... sont courageux, altiers, industrieux et fort adonnés aux soins du commerce : ils franchissent dans des barques les abîmes de l'Océan et le détroit qui les sépare des autres terres. Au moyen de ces barques,..... ils se rendent en deux jours dans l'*île Sacrée :* c'est le nom que donnaient les anciens à l'île habitée par la grande nation des *Hibernes*, cette île est voisine de celle des *Albioni*. (*Himilcon*, traduit par Gosselin, p. 162-165 de sa *Géographie des Grecs*.)

On peut voir ce que disent sur la marine des *Venètes armoriques*, *César*, liv. iii. c. 2 et 3. *Strabon*, liv. iv. c. 3. §. 6.

» res aventureuses. Des tribus ibériennes émigrè-
» rent, mais malgré elles, poussées par des peuples
» plus puissants [1]. » Tels que les Celtes en Espagne ,
les Ombres en Italie , les Egyptiens au passage de
la mer Rouge.

Vivant en tribus séparées [2] s'alliant rarement entre elles [3], les Ibères avaient l'esprit ru-

[1] Hist. de Fr. T. I. p. 5.

[2] Parmi ces nations (Ibériennes), celles qui se soumirent
véritablement à la domination, à l'empire de Rome, et
donnèrent des ôtages, montaient à plus de cent vingt. (*Tite-
Live*. L. xxii. c. 20.

[3] Si les Ibères avaient voulu se soutenir mutuellement,
on n'aurait vu ni les Carthaginois.... ni les Tyriens..... etc.
s'établir chez eux. (*Strabon*. Liv. iii. c. 4. §. 5.)
Jamais l'Espagne n'eut la pensée de se lever tout entière
contre nous, de mesurer ses forces avec les nôtres, de nous
disputer l'Empire, ni même de défendre sa liberté ;
autrement, à l'abri de ses deux remparts naturels, la mer
et les Pyrénées, elle eût été inaccessible par sa position
seule. (*Florus*. L. 2. c. 17.)
Ce dédain, avec lequel se traitaient réciproquement
quantité de petits états qui n'avaient pu former entre
eux aucune liaison capable d'augmenter leurs forces
au point de pouvoir résister aux ennemis du dehors, se
fit surtout remarquer chez les Ibères, qui d'ailleurs por-
tés naturellement aux ruses et à l'astuce , toujours occupés de se piller les uns les autres, n'acquirent que
l'habileté et la hardiesse nécessaires aux petites entre-
prises, sans jamais oser former de grands projets, et cela
précisément parce qu'ils n'avaient su faire ni des ligues, ni
rassembler des forces considérables. (*Strab*. L. iii. c. 4. §. 5.)

sé [1], et se méfiaient à l'excès de l'étranger, envers lequel ils n'exerçaient qu'une probité relative [2]. Sobres dans leurs festins, ne buvant la plupart que de l'eau [3], ils passaient pour être d'une dis-

Le peuple hébreu lui-même, cette souche des Ibères, à qui les institutions vigoureuses et si persistantes de Moyse devaient donner une force de cohésion surnaturelle, combien de temps resta-t-il uni?

Des deux populations dont nous avons parlé plus haut : celle de *Batz* et celle de la *Brière*, c'est la dernière qui refuse de se mêler à l'autre, subissant instinctivement la forme et les habitudes sémitiques, tandis que celle de *Batz* conserve les tendances sociales de l'espèce celtique dont est elle descendue.

Cette puissance prolifique des Celtes, constatée par M. Michelet dans son Histoire de France, T. I. p. 19 et 130, est aussi restée l'apanage des Paludiers de *Batz*. Tous n'ont guère moins de sept ou huit enfants. Il y a contraste avec la population Ibérienne voisine.

[1] Les Aquitains, nation astucieuse, (*Callidum genus*) (*Florus.* L. III. c. 10.)

[2] Le fils d'Aunus, jeune Ligurien, qui ne le cédait à nul de sa nation, dans l'art de tromper,....... perfide Ligurien, dit Camille, en vain tu as appelé à ton aide la fourbe héréditaire. (*Virgile*, Enéide, liv. XI.) Ce peuple dont on ignore l'origine, est grossier, fourbe et peu soucieux de la vérité.

Latrones, insidiosi, mendaces, fallaces. (*Cato apud servium ad* L. XI. *Enæid.*)

[3] Leurs jours de fête se célèbrent sans festins. (*Justin,* L. XLIV. c. 2.)

crétion telle , qu'ils préféraient mourir à dévoiler un secret qui leur avait été confié [1]. L'honneur et la chasteté leur étaient enfin plus chers que la vie [2].

Ils combattaient sans casque [3], avec une épée de médiocre grandeur, et la tunique serrée d'une ceinture [4]. C'est même cette ceinture et la couleur sombre qui distinguaient plus particulièrement le costume Ibérien du vêtement Celtique , la *Saye*

La plupart des habitants de la Ligurie ne boivent que de l'eau. (*Diodore de Sicile.* L. v. c. 26.)

Phylarque nous apprend...... que les *Ibériens* , quoique les plus riches des hommes, ne buvaient tous que de l'eau. (*Athénée.* L. 2. c. 6.)

Pour les modernes, ceci ne s'applique plus guère qu'aux Arabes et aux Espagnols, car le culte de *Bacchus* , et nonobstant les sociétés de tempérance , semble destiné à faire le tour du monde.

[1] Souvent, en cachant un secret, on les a vus mourir dans les tortures, plus attachés à leur secret qu'à leur vie. (*Justin.* L. xliv. c. 2.)

[2] On a vu un homme se précipiter dans les flammes d'un bucher, pour ne pas se rendre aux désirs de gens qui s'enivraient dans un repas. (*Strabon.* L. iii c. 4. §. 9.)

[3] Le Vascon , sans casque selon son usage. (*Silius Italicus.* L. iii. v. 358. L. v. v. 197. L. ix. v. 231.)

[4] Les Ligures sont armés plus à la légère que les Romains, ils portent...... une épée d'une médiocre grandeur, et par dessus leur tunique ils mettent une ceinture. (*Diodore de Sicile.* L. v. c. 26.)

de ce dernier étant plus juste au corps et serrant d'elle-même la taille.

Les Ibères d'Espagne, demeurés plus près du lieu d'origine, conservèrent leurs caractères spécifiques [1], même après le mélange avec les Celtes, et sont devenus les Espagnols modernes qui ressemblent en tant de points, au portrait de l'Ibère que nous venons de tracer d'après les monuments.

Les Armoricains et les Vascons [2], les Aqui-

---

[1] C'est-à-dire la physiologie des naturels de l'Afrique dont Salluste dit : « Les hommes y sont robustes, légers » à la course, durs au travail. »

Genus hominum salubri corpore, velox, patiens laborum. (*Guerre de Jugurtha.* c. 17.)

[2] Voici pour les Armoricains :

Les pays situés le long de l'océan, que les Gaulois appellent *armoriques.* (*César.* L. vii. c. 75.)

Devers le ponant de la montagne Pirenée habitent les Ibériens et Celtibériens, commençant à la mer Tyrrhène, et tirent en cerne par les colonnes d'Hercule, jusques à l'océan du North. (*Appien, guerre Ibérique.*)

Etienne de Byzance dit que la patrie des Ligures, que nous avons reconnus être des Ibères, était traversée par un fleuve appelé *Ligus. Artémidore* ajoute que ce fleuve est la Loire, *Ligeris :* ce qui placerait des Ibères dans l'ancien comté *Nantais*, et ce qui probablement a fait dire à M. *Ampère*, fils, dans son cours au collége de France: *qu'il a cru pouvoir suivre les traces des Ibères, jusqu'à la Loire.*

Mais on retrouve sur ce littoral qui *tire en cerne jusques à l'Océan du North* des traces encore plus anciennes

tains [1], qui dans les temps les plus anciens, portaient aussi le nom d'Armoricains, ce qui sem-

du séjour des premiers habitants de l'Espagne appelés
d'abord *Cinètes.*

M. de *Penhouët* s'exprime ainsi : « Dans le Morbihan,
» est le pays encore appelé *Bro-ciné*, *Terre de Ciné.* Dans
» le pays de Galles en Angleterre, il y a beaucoup de
» lieux du nom de *Ciné*, *Cinètes* ou *Cinésiens.* (*Lycée
Armoricain.* T. V. p. 411.)

Le mot *Corbilo* (Conëron sur la Loire), a été reconnu par
G. de Humboldt, comme d'origine Ibérienne ou Basque.

Les noms de *Rennes*, *Batz*, *Alet*, *Morlaix*, *Redon*,
(*Gavre*), etc., viennent évidemment de la même source.
(*Michelet.* Hist. de Fr. p. 441. note 2.)

Voici pour les Vascons :

Au-dessus ..... au nord, est la nation des Vascons,
chez laquelle on rencontre. *Pompelon*, (Pampelune.)
(*Strabon.* L. iii. c. 4. §. 8.)

Près de l'Océan et au-delà des Pyrénées est la forêt
des Vascons. (*Pline.* L. 4. c. 20.)

Basque, *Osque*, *Vascon*, *Gascon*, traductions diverses
d'un radical identique.

Le Vascon dans le pays duquel on rencontre souvent
des médailles phéniciennes, portait un costume en tout
semblable à celui de l'Ibère.

[1] Les Aquitains diffèrent absolument des Belges et des
Celtes, non seulement par leur langage, mais encore par
leur figure, qui approche plus de la figure des Ibères ,
que de celle des Gaulois. (*Strabon.* L. iv. c. 1. §. 1.)

En général les Aquitains ressemblent plus aux Ibères
qu'aux Gaulois, soit pour la forme du corps, soit pour
le langage. (*Strabon.* L. iv. c. 1. §. 1.)

L'Aquitaine avait un idiome particulier qui se distin-

ble attester une communauté d'origine [1], furent
également la véritable lignée des Ibères.

C'est chose intéressante que cette diversité de
mœurs et de costumes qui distinguent encore en
Bretagne des populations Ibériennes et Celtiques
qui se touchent sans s'agglomérer jamais.

Les femmes du village de *Theix*, route de Nantes
à *Brest*, à deux lieues de *Vannes*, dans le *Morbihan*, et qu'on peut observer, surtout quand elles
se rendent au marché de cette ville, placent sur
leur coiffure, une proéminence figurant la tête
d'une poule de Numidie, attestant l'origine Africaine et Ibérienne de cette mode.

Les habitants de ce qu'on appelle la *Brière*,
(marais tourbeux), dans la Loire-Inférieure, les

guait de celui des Celtes, c'est ce qui résulte de ce passage de *César :* « Les Belges, les Aquitains, et les Gau-
» lois, nations qui habitent la Gaule, diffèrent entre
» elles par le langage, les mœurs et les lois. » (L. r.
c. 4.)

Il semblait que tout exprès pour faire contraste, une
peuplade. Celte se fut venue établir au milieu des populations aquitaniques.

« Les Bituriges surnommés *Vivisci*, sont le seul peuple
» *étranger* qui habite parmi les Aquitains, sans en faire
partie. (*Strabon*. L. iv. c. 2. §. 1.)

Le costume des Aquitains tenait de celui des Ibères.
(*Ausone.*) (*Saint-Paulin*, Ep. 3.)

[1] De la Garonne à la chaîne des Pyrénées, la Gaule
prend le nom d'Aquitaine, et plus anciennement le nom
d'Armorique. (*Pline*. L. iv. c. 17.)

gens de *Saint-Lyphard*, ceux à demi-sauvages de *Saint-Joachim*, ceux enfin de *Saint-André-des-Eaux*, dont le nom témoigne assez de leur position au sein des marais, portent un costume tout-à-fait particulier, et tout aussi original que celui des Paludiers de *Batz*, dans les Salines, auxquelles ils sont limitrophes. Mais ce costume en diffère essentiellement, quoique tous deux aient en commun la large *Braye* antique.

Au lieu de l'énorme chapeau que portent les Paludiers au teint blanc et coloré, les hommes de *Saint-Lyphard* et d'*Escoublac* au teint naturellement basané, mettent un chapeau de forme ronde et basse, dont les bords n'ont pas au plus trois doigts de largeur. Ce chapeau ne ressemble pas mal au casque ou à l'armet de *Mambrin*, si célèbre dans *Don Quichotte*, et donne au *Briéron*, un peu de la physionomie des anciens preux.

Au contraire des trois ou quatre gilets, très-longs, disposés en étages, et de couleurs différentes de l'habitant de *Batz*, l'habitant de la *Brière*, repoussant cette diversité de couleur si chère à l'espèce celtique, porte une veste courte, et un gilet d'étoffe de laine brune, souvent la même que celle tondue sur ses noires brebis. « C'est de la » Ligurie, au rapport de *Strabon*, que se tirent » presque toutes les laines rudes, dont la plupart » des Italiens habillent leurs domestiques [1]. »

____

[1] Liv. v. c. 2. §. 5.

Ne dirait-on pas retrouver ici ce costume ibérien retracé par tant d'auteurs ? celui de ces Vascons montagnards que *Strabon* [1] prétend être *tous habillés de noir ?* ou de « ces habitants des *îles Cas-* » *sitérides,* » les mêmes que les *îles Silures* ou *Sor-lingues,* « qu'il dépeint comme portant des man- » teaux noirs.... ayant une ceinture autour de la » poitrine [2]. »

Diodore de Sicile assure que « les Celtibériens » s'habillent tous d'un sayon noir et velu, dont » la laine ressemble fort au poil de chèvre..... » Ils ont tous des espèces de bottes faites de » poils [3]. » *Saint-Paulin,* dit que *ce costume est habituellement court* [4], ce que confirme *Sulpice Sévère* [5]. *Tacite,* parlant de l'attaque de l'île de *Mona,* sur la côte de Bretagne, raconte que « sur la » rive opposée à l'armée romaine, couraient des » femmes semblables aux furies, vêtues de robes » noires, les cheveux épars, des torches à la » main [6]. » *Athénée* enfin, fait observer que le

[1] Liv. III. c. 3. §. 4.

[2] Liv. III. c. 5. §. 8.

[3] Liv. V. c. 22.

[4] Epitre III.

[5] Habit court et hérissé de poils. (*Dialogue* II. c. 1.)

[6] *Annales.* L. XIV. c. 30.

Qui ne serait frappé de la ressemblance du tableau qu'au sixième siècle *Grégoire de Tours* fait de l'Espagne, avec ce que dit Tacite ?

costume noir qui était celui des Phéniciens, s'était perpétué dans le midi de la péninsule ibérique [1]. C'est encore aujourd'hui le vêtement national des femmes espagnoles.

Quoique la religion ne puisse que rarement apporter des données certaines sur l'origine des peuples, il ne sera pas inutile, au sujet du Druidisme, qui avait incontestablement passé de l'île de Bretagne en Gaule, mais à une époque relativement récente, de mentionner que les meilleurs esprits : MM. *Adolphe Pictet*, *Schelling*, *Michelet*, *Moke*, et *Strabon* avant eux [2], se sont accordés à trouver la plus étonnante analogie entre le culte des Druides et celui des Cabires de Samothrace et de Phénicie. Même hiérarchie divine s'élevant par une série ascendante, de la plus humble créature jusqu'au Dieu suprême. Mêmes danse mystique et cérémonies célébrées

« *Childebert* et *Clotaire* mirent le siége devant Sarra-
» gosse..... Les habitants, lors convertis à Dieu..... al-
» laient tout autour des murailles de la ville avec la tuni-
» que de *Saint Vincent* martyr, les femmes aussi en pleu-
» rant les suivaient affublées de manteaux noirs, deche-
» velées et couvertes de cendres. » (L. III. c. 29.)

[1] L. XII. c. 5.

[2] *Artémidore* dit que dans une île voisine de celle de Bretagne, on célèbre les mystères de *Cérès* et de *Proserpine*, de la même manière dont ils sont célébrés en Samothrace. (L. IV. c. 4. §. 6.)

pendant la nuit, mêmes feux allumés en l'honneur du soleil [1].

Cette communication peut, à la vérité, n'avoir pas été plus immédiate que celle de la foi chrétienne portée par les missionnaires dans les contrées les plus reculées ; mais ce qui nous fait la croire telle cependant et penser que les rites de Samothrace ont été apportés par les Phéniciens, et reçus avec sympathie par les Ibères issus de la même espèce [2], c'est ce fait, de n'avoir pu, ni s'implanter entièrement dans la masse celtique, ni la moraliser [1].

[1] D'une dualité primitive, constituant la force fondamentale de l'univers, s'élève une double progression de puissances cosmiques, qui, après s'être croisées par une transition mutuelle, viennent toutes se réunir dans une unité suprême comme en leur principe essentiel. Tel est, en peu de mots, le caractère distinctif de la doctrine mythologique des anciens Irlandais.

La doctrine des Cabires, dit *Schelling*, était un système qui s'élevait des Divinités inférieures, jusqu'à un Dieu Supra-Mondain qui les dominait toutes. (*Ad. Pictet.*)

[2] C'est dans le T. I. p. 422 et suivantes de l'*Histoire des Francs* de M. *Moke*, dont nous avons exposé le système L. I. c. 13, que nous invitons à lire l'ingénieuse explication que donne ce savant, de l'introduction des rites Phéniciens dans l'île de Bretagne, par le *marchand étranger*.

[3] *Michelet*, Hist. de Fr. T. I. p. 11 et 130.

Les Germains n'ont ni druides qui président à la religion, ni sacrifices. (*César*, L. 6. c. 21.)

Quant aux affinités de la langue Ibérique ou Basque avec les langues Sémitiques, affinités dont le nombre semble s'accroître chaque jour avec le progrès des études; nous nous réservons de présenter au lecteur un travail spécial à ce sujet. En effet, il ne suffira point de constater cette coïncidence, mais faudra-t-il encore établir comment les Ibères ou Bretons armoriques ont subi l'idiome celtique, et renoncé à la langue basque.

Si aujourd'hui la différence spécifique entre les Celtes et les Ibères est moins tranchée, particulièrement en France, où s'est effectué le rapprochement dans des proportions plus égales, en remontant vers les pays du nord on rencontre encore le type Celtique presque dans toute sa pureté, tandis que dans la Provence [1], le Languedoc et la Bretagne se sont conservées les formes Ibériennes. Les seuls mélanges réels qui se soient opérés au sein de ces populations, n'ont pu amener une grande perturbation du type: au nord, ce sont les races Celtiques qui se sont

---

[1] Les habitants des parties élevées de ce canton, *Orgon* et *Eygalières*, (Bouches du Rhône)..... se livrent à des travaux rudes et pénibles... Jouissant de la modeste aisance que procurent l'activité et l'amour du travail, ils ont le teint brun... une stature moyenne et renforcée, un tempéramment bilieux, sanguin et nerveux, un caractère vif... (*Quenin*, Répertoire des travaux de la société de statistique de Marseille, T. II. p. 42.)

Qui ne reconnaîtrait là des vestiges frappants du type Ibérien?

mêlées entre elles ; au midi, l'espèce Pélasgique répandue dans la province romaine, n'a point dû changer la couleur noire des cheveux de ses habitants ; enfin à l'ouest, les Phéniciens, nation Sémitique, établissant chez les Bretons, restés isolés, des marchés et des colonies, n'ont pu altérer, non plus, leur caractère Ibérien.

Rien ne peut exprimer l'étonnement que nous éprouvâmes, lorsque dans nos investigations en Bretagne, pour y rechercher dans les grands rassemblements, à l'Eglise et ailleurs, ce type Celtique, dont on a tant parlé, nous trouvâmes une population à taille médiocre, aux cheveux noirs, au teint basané, à physionomie presqu'Israélite ! Il fallut reconnaître que c'était la déception d'un homme d'esprit que celle qui avait fait soutenir à *Latour d'Auvergne*, que ses compatriotes étaient les descendants des Gaulois, à la taille elévée, aux yeux bleus, aux cheveux blonds [1].

C'est sans doute un mécompte pareil qui a fait dire au savant M. *Ursin* de *Nantes*, : « Enclavés dans des pays purement Celtiques, on n'a » pas cru pouvoir se dispenser de confondre avec » les Celtes, les Armoricains, peuples dont la » physionomie, les mœurs et la langue n'avaient

[1] Je regarde les Bretons armoriques comme les vrais descendants des anciens Celtes. (*Latour d'Auvergne.* c. 1. p. 25.)

Les portes en Bretagne, sont habituellement si basses, qu'un homme de taille ordinaire doit se baisser pour y passer.

» que des conformités accidentelles avec les
» idiomes, les usages et le physique des Gaulois '. »

Frappé de la même anomalie, M. *Moke*, dis-
cutant l'hypothèse, sur les *Kymri*, de M. *Amédée
Thierry*, dont l'ouvrage a cependant fait faire un
si grand pas à la science, M. *Moke* dit : « Voici
» à quoi conduit ce système : il aurait existé une
» nation blonde, grande et svelte; mais dont la
» postérité la plus certaine seraient le Breton et
» le Gallois, bruns, petits et trapus ² ! » Et tellement l'erreur a de pouvoir quand elle s'accré-
dite sous un nom cher à la science, celui des
Thierry, que M. *Michelet*, lui-même, dans son
admirable épopée de l'histoire de France, s'exprime en ces termes : « Du nord, descendent
» de bonne heure les opiniâtres *Kymri*, ancêtres
» de nos Bretons et des Gallois d'Angleterre ³ ! »

' Lycée armoricain, 5ᵉ vol. 1825, 25ᵉ livraison.
On a pu voir l'exposé du système de M. *Ursin*. Livre ı,
c. 8.

² T. 1. p. 320. note 3.

Hist. de France, T. 1. p. 130.
Dans tout le cours de son livre, M. Michelet se trouve
douloureusement ramené à comparer les Israélites à la race
opiniâtre des *Kymri*, *qui ne veut rien recevoir des nations.*
On peut s'en convaincre tome I. pages 146 et 155, ainsi
que par le passage suivant.

« La triste et patiente Judée qui comptait les âges par
» ses *servitudes*, n'a pas été plus durement battue... (que
» les vieilles populations Celtiques); mais il y a une telle

De ces deux opinions qui font venir les Ibères, de l'orient en occident, ou de la péninsule
Hispanique au Caucase, on peut se demander laquelle est la plus dépourvue de critique. C'est
chose assez singulière de rencontrer le même
nom de peuple presque aux deux extrémités
du monde connu des anciens ; mais ce serait
un fait bien plus étrange que les migrations
d'un peuple traversant l'Europe entière sans laisser
de trace de son passage.

D'une part *Strabon* [1], *Denys Périégéte* [2], *Socrate le
Scholastique* [3], *Eusèbe de Césarée* [4], etc. n'hésitent
point à reconnaître que les Ibères d'Espagne se
sont transportés au-delà du Pont-Euxin et de la
Colchide. D'autre part, *Varron*, entre autres, cité
par *Pline* [5], affirme que les Ibères d'Espagne

» vertu dans le génie Celtique, une telle puissance de vie
» en ces races, qu'elles durent sous l'outrage, et gardent
» leurs mœurs et leurs langues. » (T. 1. p. 144.)

Changez le mot *Celtique*, en celui d'*Ibérien* et vous
serez frappé comme d'un trait de lumière !

[1] Les Ibères occidentaux, se sont transplantés au-delà
du Pont et de la Colchide. (L. ı. c. 3. §. 10.)

[2] Vers 696.

[3] Les Ibères qui habitent aux environs du Pont-Euxin ,
sont une colonie de ceux qui habitent en Espagne. (L. 4. c. 20.)

[4] *Abydenus*, cité par *Eusèbe* : *Préparation évangélique*.
L. 9. c. 41.

[5] Marcus Varron écrit que les Ibères, les Perses, les
Phéniciens, les Celtes et les peuples puniques ont jadis

sont une colonie des Ibères Asiatiques. *Appien* seul, reconnait l'erreur de ces hypothèses, et les regarde comme de pures suppositions [1].

Établissons d'abord d'une manière positive quels lieux ont occupés les Ibères d'orient.

» C'est, dit *Strabon* [2], au delà du Pont et de la
.» Colchide, dans ce pays qui est séparé de l'Ar-
» ménie, soit par l'Araxe, comme dit *Apollodore*,
» soit par le Cyrus et les monts Moschiques. »
A cela, *Gosselin*, dans une des notes de sa traduction de *Strabon*, ajouté : « L'Ibérie orientale
: est située au milieu de l'Isthme qui sépare la
» mer Noire ou le Pont-Euxin, de la mer Cas-
» pienne : ce pays s'appelle maintenant *Carduel*, et
» fait partie de la Géorgie. »

Ceci posé : si l'on considère que les peuples qui les premiers de l'espèce Sémitique passèrent des fleuves, le *fleuve bleu*, le *fleuve blanc*, furent, à cause même de ce passage, distingués dans leur propre langue, sous le nom d'*Hebræi*, d'*Iberi*, d'*au-delà du fleuve*, comme l'atteste la Genèse [3],

pénétré dans toute l'étendue de l'Espagne. (*Pline.* L. III. c. I.)

[1] Guerre Ibérique au commencement.

[2] L. I. c. 3. §. 10.

[3] En même temps, un homme qui s'était sauvé, vint donner avis de ceci à Abram, *hébreu.* (C. 14. §. 13.)
Voici quelques autres origines de ce nom *Ibères :*
« L'Ibérus (l'Ebre) prend sa source au pays des Cantabres.
» (*Strabon.* L. III. c. 4 §. 6.) »

lorsqu'elle donne le nom d'*Hébreu* à *Abraham* venu de la Chaldée en Mésopotamie, et que les Septante traduisent ce mot *hébreu*, par *homme venu d'au-delà du fleuve*, ne serait-on pas porté à penser que les Ibères orientaux étaient des peuples venus d'au-delà de l'Euphrate?

Cette induction ne semble-t-elle pas se confirmer, si l'on combine l'origine de ce nom *Hebræi*, *Iberi*, avec les vicissitudes éprouvées par la postérité d'Abraham, et quand on voit *Téglath-Phalasar*, fondateur du second empire d'Assyrie, et son successeur *Salmanasar*, chercher à mettre un terme aux révoltes des Juifs, en dispersant la plus grande partie du royaume d'Israël, et la transportant au-delà de l'Euphrate en Mésopotamie, où elle conserva le nom, d'*Hebræi*, *Iberi?*

La montagne d'*Elkoch* dans les environs de Mossoul, en Mésopotamie, renferme encore un monument du séjour des Hébreux dans cette contrée, et l'on y montre un mausolée qu'on dit être celui de l'un des petits prophètes, *Nahum*,

Les anciens appelèrent l'Espagne d'abord Ibérie du nom de l'Ebre. (*Justin.* L. LXIV. c. 1.)

C'est de son nom que les Grecs ont fait celui d'Ibérie, pour eux synonyme d'Espagne. (*Pline.* L. III. c. 3.)

Astarloa, fait venir ce nom des mots basques *Ibaya* (fleuve) et *Erua* (écumeux.)

N'est-il pas infiniment plus plausible de penser que ce soient les peuplades arrivant dans un pays désert qui aient imposé un nom aux localités?

que la Bible surnomme *Elkosien*, et qui aurait été au nombre des proscrits des dix tribus.

Ces tribus, dont on n'entend plus parler, auront probablement dépassé les limites de la Mésopotamie, et s'avançant dans le voisinage jusqu'au *Carduel,* partie méridionale de la Georgie actuelle, y auront été la souche de la nation des Ibères, voisine des Scythes, des Médes et des Arméniens [1]. Joséphe, lui-même [2], place les Ibères orientaux au nombre des descendants de *Noé.* C'est d'eux que *Valérius Flaccus* dit: *qu'on les distinguait des Indiens,* (espèce jaune) *par la blancheur de leur teint* [3]; et

[1] Ceux des Ibères qui occupent la plaine..... suivent les usages des Arméiens et des Mèdes : ceux qui habitent les montagnes, et ce sont les plus nombreux, guerriers d'inclination, vivent comme leurs voisins... les Scythes et les Sarmates. (*Strabon.* L. xi. c. 4. §. 3.)

Quelques auteurs prétendent que les Syriens et Hébreux transplantés par Téglath-Phalasar, sont les mêmes que les Ibères orientaux, et que les *Sapires* dont parle Hérodote dans les passages suivants :

Pour se rendre de la Colchide en Médie, on passe des montagnes, et le trajet n'est pas long; car il ne se trouve entre les deux pays que celui des *Sapires*. Lorsqu'on l'a traversé, on est sur les terres des Mèdes. (L. 1. c. 105.)

Le dix-huitième gouvernement, (ou Satrapie, créée par Darius, fils d'Hystapes) renfermait les *Matianiens*, les *Sapires* et les *Alarodiens*. (L. iii. c. 94.)

[2] *Thobel* donna son nom aux Thobeliens, qu'on nomme maintenant *Ibériens*. (L. i. c. 6.).

[3] L. 6. v. 120.

que *Tacite* prétend qu'« habitant des pays boisés » et montueux ils étaient mieux faits aux fatigues » et à la subordination que les Parthes [1]. »

N'est-il pas remarquable d'ailleurs de trouver des Lygiens dans la Colchide, tout au près des Ibères orientaux [2], de même qu'on rencontre des Ligures ou Lygies, mêlés aux Ibères d'Espagne? A l'alliance de ces deux noms en Espagne, en Italie, dans l'Asie mineure, se rattache sans doute quelque grand fait historique, se perdant dans la nuit des âges, et dont il n'a pas encore été donné à la science de soulever le voile.

Tout semble enfin donner du poids à cette opinion que les Ibères orientaux et les Ibères occidentaux ont une origine commune, et sont issus de l'espèce que nous nommons Sémitique; mais que chacun de ces essaims a suivi une route différente, tout en conservant sa physionomie originelle [3].

[1] Annales. (L. vi. c. 34.)

[2] Dans l'énumération qu'Hérodote (L. vii. c. 72.) fait des troupes de la formidable armée que *Xercès* conduisait contre la Grèce, cet historien place les *Lygiens* et les *Matianiens*. Ces *Matianiens* sont les mêmes que nous venons de voir figurer à côté des *Sapires*, les mêmes que les *Ibères*. (Note 1. page 39.)

Les Lygiens peuples d'Asie, dans la Colchide, au nord du Phase. (Note de *Larcher* sur ce passage d'Hérodote.)

[3] Les Latins appelaient en général toute l'Espagne *Ibéria*... elle n'a point été ainsi nommée par les colonies des Ibériens asiatiques, comme quelques savants l'ont prétendu. (*Dacier*, *tr. d'Horace.* T. iv. p. 111. notes.)

Singuliers rapports qui existent entre les deux Ibéries,

Les Ibères étaient depuis long-temps en possession de la partie de la Gaule qui s'étend des Pyrénées au Rhône [1], quand ils se trouvèrent pour la première fois en contact avec la masse impétueuse sortie des forêts de la Celtique. Incontestablement les Ibères étaient les premiers occupants, puisque les Celtes durent les combattre pour les repousser [2], et comme on ne retrouve d'ailleurs aucune trace d'hommes à cheveux noirs, dans les populations du nord, on peut dire que la lutte s'établit là où le mélange commence à paraître sensible. Mais presque partout, et après des vicissitudes dont la tradition nous est à peine parvenue, l'Ibère dut subir le joug du Celte.

toutes deux situées aux pieds d'une vaste chaîne de montagnes, entre deux mers, toutes deux renommées par l'habileté proverbiale de leurs chalybes, ou ouvriers en acier ! (*Rossecuw Saint-Hilaire.* T. I. p. 33. note 1.)

[1] Une autre race, celle des Ibères, paraît de bonne heure dans le midi de la Gaule, à côté des Galls et même avant eux. (*Michelet.* Hist. de Fr. T. I. p. 5.)

Autrefois on donnait le nom d'Ibérie à la partie même comprise entre le Rhône, et l'Isthme formé par les deux Golfes Gaulois, aujourd'hui on regarde les Pyrénées, comme limites de l'Ibérie. (*Strabon.* L. III. c. 4. §. 9.)

[2] Le monde Ibérien est antérieur au monde Celtique... (*Guill. de Humboldt*, essai sur la langue Basque. p. 49.)

Il y a eu un monde Ibérien avant le monde Celtique ; on en trouve quelques témoignages dans les lieux où se sont établis les Celtes. (*Brotonne.* T. I. p. 306.)

Celui-ci traversant les Pyrénées à l'occident [1] , pénétra au nord et au centre de l'Espagne, et s'y établit [2]. *Strabon* et plusieurs autres, donnent la nomenclature des lieux qu'occupèrent les conquérants [3]; mais quoique les tendances éminem-

[1] Les mouvements des Sicanes et des Ligures nous révèlent que l'invasion se fit par les passages occidentaux des Pyrénées. (*Amédée Thierry*. T. I. p. xxvi.)

[2] *Festus-Avienus*, qui travaillait sur les documents des Carthaginois, dit dans sa description de l'Ibérie : « après » d'opiniâtres combats, les Ligures chassés par les Celtes, » s'enfuirent en désordre, vers ces lieux incultes et sau- » vages, qu'ils occupent encore aujourd'hui. (Vers 132 et suiv. *Isidore de Séville*. L. ix.)

[3] Le Tage et l'Anas (Guadiana) embrassent une étendue de pays habitée dans sa plus grande partie par les Celtiques. (*Strabon*. L. iii. c. 1. §. 1.)

On n'a pas plutôt franchi la montagne d'Idubéda, que l'on entre dans la Celtibérie, pays très-étendu..... au nord des Celtibères, on trouve les *Bérons*..... ils descendent également des Gaulois qui vinrent occuper cette partie de l'Ibérie..... Des quatre peuples qui composent les Celtibères, les plus puissants sont les *Arévaques*..... la plus renommée de leur ville est *Numantia*. (*Strabon*. L. iii. c. 4. §. 8.)

Une partie de la Bœtique est occupée par les Celtiques qui touchent à la Lusitanie, et relèvent d'*Hispalis* (Séville). (*Pline*. L. iii. c. 1.)

Dans la Lusitanie est... la ville de *Mirobriga la celtique*. (*Pline*. L. iv. c. 22.)

Les Celtes Néries (en Espagne) ont au-dessous d'eux les Tamarici..... Les Celtes présamarques..... (*Pline*. L. iv. c. 20.)

ment sociales des Celtes eussent amené une sorte d'amalgame des antagonistes [1], le type physio-

Vis-à-vis de la Celtibérie sont beaucoup d'îles dites Cassitérides par les Grecs. (*Pline.* L. iv. c. 22.)

Dans le pays des Celtiques on trouve... *Asta* bâtie sur les lagunes, vis-à-vis du port de l'île de Gadès. (*Strabon.* L. iii. c. 2. §.)

Par suite de ces conquêtes, la race Gallique se trouva répandue sur plus de la moitié de la Péninsule Espagnole. (*Amédée Thierry.* T. I. p. 8.)

Voici les noms des peuples Celtes en Ibérie qui ne figurent pas dans les citations précédentes; *Pelendones,* — *Lusones,* — *Belli*, — *Ditthi,* — *Celtici,* — *Artabres,* — *Nerii,* — *Ostrymnes.*

[1] Me semblent tant seulement les Celtes avoir jadis passé le mont Pyrénée, et s'estre accommodé d'habitation avec les Ibériens. (*Appien,* guerre Ibérique.)

On raconte que les Celtes et les Ibériens, se firent longtemps la guerre au sujet de leur habitation, mais que ces peuples s'étant enfin accordés, ils habitèrent en commun le même pays; et s'alliant les uns aux autres par des mariages, ils prirent le nom de Celtibériens, composé des deux autres. (*Diodore de Sicile.* L. v. c. 22.)

Viennent aussi les Celtes qui ont uni leur nom à celui des Ibères. (*Silius Italicus.* L. iii. vers 340.)

Aux légions Romaines... s'étaient joints.... les Celtes qui s'étant détachés de l'antique race des Gaules avaient mêlé leur nom à celui des Ibères. (*Lucain,* Pharsale. L. iv. vers 9 et 10.)

Suivant *Polybe,* les Celtiques sont non seulement voisins des Turdétans (Ibères), mais encore ils leur sont unis par les liens du sang. (*Strabon.* L. iii. c. 2. §. 5.)

logique des Ibères l'emporta et devint commun aux uns et aux autres [1].

Toutefois cette invasion des Celtes au sein de l'Espagne n'avait pu avoir lieu sans un froissement considérable, et le refoulement de certaines populations, mais cette fois l'histoire nous a conservé le souvenir de ces grands mouvements, et l'on y voit les Ligures expulsés du sud-ouest de l'Espagne fondre au nord-est sur les Sicanes, autre nation ibérique, qui traversant les Pyrénées à l'est [2], et toujours poussés par les Ligures, entrèrent en Italie [3], par le littoral de la Méditerranée, probablement encore alors à peu près

---

[1] Dans le mélange des Celtes avec les Ibères, c'était le caractère Ibérien qui prévalait, et non le caractère Celtique, tel que les Romains nous l'ont fait connaître. (*Guill. de Humboldt. Essai sur la langue Basque.*) '

[2] Les mêmes causes semblent devoir ramener les mêmes résultats : au sixième siècle les populations Basques persécutées et refoulées par les Goths, passèrent les Pyrénées, et vinrent s'établir dans le pays qui conservait naguère le nom de Gascogne, du radical *Vask.*

[3] La Sicile était alors occupée par les Sicaniens, qui chassés de l'Espagne, leur pays natal, par les Liguriens, étaient venus depuis peu s'y établir. (*Denys d'Halic.* L. i. §. 14.)
Les Sicaniens se disent Autochtones, mais on découvre que c'était en effet des Ibères, qui furent chassés par les Lygiens des bords du fleuve *Sicanus* (la Sègre), dans l'Ibérie. De leur nom, cette île reçut alors celui de *Sicanie.* Elle s'appelait avant *Trinacrie.* (*Thucydide.* L. vi. c. 2. *Etienne de Bysance, Servius,* in Enœid. L. viii. vers 328. *Solin.* c. 2.)

désert. Les Ligures à leur tour, s'emparèrent de cette côte des Gaules, qui des Pyrénées aux Alpes maritimes, forme assez exactement un demi-cercle, et dont les flots qui la baignent furent depuis connus sous le nom de mer Ligurienne ou Lygustique [1].

De cette époque au moment où la domination Romaine vint peser sur les Barbares, les côtes Ibérienne et Ligurienne reçurent quelques faibles semences de civilisation, soit par les colonies des Phéniciens, des Rhodiens, des Phocéens et des Carthaginois, soit par la conquête que firent du pays, quelques uns de ces peuples commerçants, mais nous ignorons complétement ce qui se passait alors entre les tribus Ibériennes et les hordes Celtiques. Alliées sur quelques points, sur un plus grand nombre sans doute, régnait un état d'hostilité naturel à des nations barbares, différentes de mœurs et d'origine, et pour qui le voisinage était toujours un motif de haine [2]. Seul le niveau de la conquête

[1] La mer intérieure ou Méditerranée se nomme d'abord mer d'Ibérie, ensuite mer Lygustique, puis mer de Sardaigne. (*Strabon.* L. II. c. 4. §. 7.)

Vers les confins de la mer *Lygustique*, on trouve plusieurs sortes de nations chevelues. (*Pline.* L. III. c. 20.)

Mais telle était la ressemblance spécifique des peuples qui s'étaient répandus de l'Espagne sur les côtes de la Méditerranée que *Gosselin*, dans ses notes sur Strabon, constate que « Le nom de *Lygustique* s'étendait depuis » l'Arno, jusqu'au détroit de Gibraltar. »

[2] C'est pour ces peuples le plus beau titre de gloire, de

pouvait préparer une fusion que la diversité des races devait cependant retarder long-temps encore.

Après les espèces Ethiopienne et Mongole , l'espèce Sémitique paraît être celle où la persistance du type se manifeste davantage; c'est ce que démontrent, et la nation Hébraïque et la suite des faits historiques qui se rattachent aux Ibères.

Le type moral de l'essaim formé des Sicanes et des Ligures paraît, à la vérité, subir l'action de l'espèce Pélasgique, à laquelle ils se sont mêlés, et s'effacer par son contact avec elle ; mais c'est que cet essaim était plus loin du foyer, en nombre proportionnellement plus petit, et s'assimilait à une race d'un type bien plus rapproché du sien que les races Celtiques.

Nous avons fait observer plus haut que l'espèce Pélasgique répandue dans la Narbonnaise peuplée d'Aquitains et de Ligures n'avait pu produire sur eux de changement bien considérable. M. *Moke* fait observer à son tour que , « l'invasion ger- » manique au cinquième siècle, n'a point chan- » gé d'une manière sensible, l'homme brun qui

n'être environnés que de vastes déserts. Ils regardent comme une marque éclatante de valeur de chasser au loin leurs voisins. (*César*, Guerre des Gaules. L. vi. c. 23.)

Les Suèves se font gloire d'être entourés , au loin , de vastes solitudes, qui attestent qu'un grand nombre de nations n'ont pu soutenir leurs efforts. (*César*, Guerre des Gaules. L. iv. c. 3.)

Chacun entoure son habitation d'un espace vide. (*Tacite.* Germanie. c. 16.)

» dominait exclusivement au temps de *César*,
» des Cévennes aux Pyrénées [1]. » Cette contrée
Ligurienne demeura sur le littoral de la Gaule, et
vers la côte de Gênes, l'image fidèle de la civilisation mercantile des nations Sémitiques. Il semble
aussi que les Phéniciens et les Arabes aient conquis l'Espagne sans coup férir, tant il y avait
possibilité d'assimiler leurs populations [2]. Le contraire arriva aux Romains [3], aux Alains, aux
Suèves, aux Vandales et aux Goths [4], représentants
d'autres espèces humaines.

[1] *Moke*. T. I. p. 316.
On a pu voir d'ailleurs note 2, p. 44, comment l'élé-
ment Ibérien, dans la Gaule, reçut d'Espagne au sixième
siècle un renfort par l'adjonction d'une couche nouvelle
qui vint s'ajouter au noyau déjà existant.

[2] Etrange rapport qui existe entre la Phénicie et l'Espagne, telle qu'elle nous apparaît dans toute son histoire ! N'y
retrouve-t-on pas trait pour trait, cette théocratie monar-
chique assise sur des mœurs républicaines, ce penchant à
s'isoler, cette haine des confédérations, cette soumission
au joug de la théocratie? (*Rosseeuw Saint-Hilaire.*
c. 1. p. 57.)
Une seule bataille livra la Péninsule aux Maures, il
fallut près de huit siècles de combats pour la leur ôter.
(*Bory de Saint Vincent, résumé géographique de la Péninsule Ibérique.* p. 133.)

[3] Ce n'a été qu'au bout d'un très-long temps que les
Celtibériens ont été vaincus par les Romains. (*Diodore.*
L. v. c. 22. et *Strabon*. L. iii. c. 4. §. 5. cité note 1. p. 1.)

[4] Les hordes du nord franchirent enfin les Pyrénées(409),

Mais les Vascons ou Basques modernes, et les Armoricains Bretons qui ne s'allièrent ni les uns ni les autres aux peuples qui les environnaient, furent ceux qui conservèrent le mieux le type Ibérien, et la conformation physiologique qui le distingue.

La majeure partie des Basques habite encore l'Espagne, et occupe presque seule, la haute Navarre, l'Alava, la Biscaye et Guipuscoa. Trois cent mille Basques à peu près, peuplent en France le département des Basses-Pyrénées. Ceux-ci, appellent dans leur langage l'espace sur lequel ils s'étendent, l'*Empire Basque*, et le divisent en trois régions qu'ils appellent : *Labourd*, *Soula et Basse Navarre*. La première de ces divisions, qui n'ont rien d'officiel, est la plus peuplée et la plus grande. C'est là qu'ont été conservées plus intactes, les mœurs et la langue. Dans ces régions on ne rencontre de ville nulle part : *Saint-Jean-de-Luz*, n'est qu'un bourg ; et *Ustarits*, jadis métropole du pays Basque, n'est qu'une réunion de trois villages. La noblesse y est peu nombreuse, et si l'on excepte la maison des *Belzunce*, et deux ou trois autres familles, les nobles y sont pauvres et peu éclairés.

Le Basque est de taille moyenne, mais bien

ce ne fut pas toutefois sans rencontrer de résistance : les montagnards des Pyrénées, geoliers de l'Espagne,..... luttèrent avec énergie contre les Barbares, et leur interdirent long-temps le passage. (*Rosseeuw Saint-Hilaire. Histoire d'Espagne. T. I. p. 150.*)

prise et bien proportionnée , décelant la vigueur et l'agilité [1]. Il porte une veste brune, des bas bleus ou bruns, et de même que le paysan Breton n'abandonne jamais son bâton à gros bout , façonné au feu , le Basque quitte rarement son bâton ferré. Il est actif, persévérant , son courage a la fermeté du roc qu'il frappe de son pied, et s'il est peu propre au service de la ligne , il est parfait pour la petite guerre. Il vit isolé dans son *Empire* : telle rivière est la frontière de France ! telle montagne est la limite d'Espagne ! et il demeure surtout attaché aux anciennes coutumes. Son caractère en se civilisant est devenu vif et gai : les Basques , comme les Gascons, sont actifs, remuants, hommes d'expédients , de ressources et d'habileté.

On voit le long du golfe de Bayonne, et couvrant la côte , les clochers de *Biarritz*, d'*Anglet*, de *Bidarrey*, de *Guetaria* , de *Saint-Jean-de-Luz*, de *Sibourre*, d'*Aragues*, d'*Irun*, de *Fontarabie* et les ruines d'*Andaye*. La plupart de ces noms ont perdu leur renommée aujourd'hui , mais les localités qui les portent furent la patrie des navigateurs les plus intrépides, de ces loups de mer qui poursuivaient la baleine dans l'Océan septentrional bien avant les Hollandais ou les Anglais. *Robertson* parle d'un marin Biscayen qui informa, dit-on, *Christophe Colomb*, de l'existence réelle d'un continent que ce grand navigateur supposait devoir être situé à l'ouest.

[1] L'Ibère léger, le Maure qui bondit plus léger encore... (*Silius Italicus*. L. IV. v. 549.)

Le Vascon dans ses montagnes put être vaincu, mais jamais soumis [1]. L'Armoricain fut le dernier conquis des peuples des Gaules, et quoique
les Romains aient laissé en Bretagne un bien plus
grand nombre de traces de leur passage qu'on
ne l'imagine communément, surtout en fait de
voies romaines [2], les Armoricains furent les premiers à secouer un joug qu'ils portaient impa-
tiemment [3]. Les Vascons restèrent en possession
d'un dialecte presque pur de la langue primitive
de leurs ancêtres, et de cette agilité devenue proverbiale. Si les Armoricains oublièrent leur langage,
ils retinrent la supériorité d'hommes de mer des
Ibères, cette persistance aveugle qui fait sans cesse
remettre en question la chose jugée, et que l'avenir
et le progrès changeront peut-être un jour en vé-

[1] On dit que les Vascons, assiégés par les Romains, pro-
longèrent quelque temps leur vie, à l'aide de la chair hu-
maine qui leur servit d'aliment. (*Juvénal,* Satire xv.)

[2] On peut consulter à ce sujet : Nos *Fragments de statistique administrative de l'arrondissement de Savenay.*
(Nantes, *Mellinet,* 1835, in 8°.)

[3] Au commencement du cinquième siècle (409), les pro-
vinces Armoryques ne trouvant plus dans les Romains que
des maîtres durs qui les accablaient d'impôts, et des dé-
fenseurs trop faibles pour les garantir des incursions des
peuples du nord, se soulevèrent. (*Bullet.* T. I. c. 2.)
César ne fit qu'y paraître, la Bretagne secoua la première, avant l'arrivée des Français, le joug de l'Empire
Romain, elle céda sous *Clovis* et sous *Charlemagne* sans
se rendre. (*Cambry.* T. II. p. 288.)

ritable énergie , enfin ce sentiment de répulsion pour l'étranger qui caractérise les races Sémitiques.

C'est juger faussement les hommes et les choses de conserver un attachement obstiné aux anciennes traditions [1]. Ce tenace génie qui s'isole et idolâtre son originalité , est pour l'individu , comme pour les races , un symptôme de faiblesse et d'abaissement. Aussi voyez comme la race ibérienne est déchue , en Espagne et en Bretagne , voyez comme se débattent au milieu d'elle , et au spectacle désolant de la barbarie qui règne dans les campagnes, quelques esprits éminents dont ce type ne fut jamais avare. Pour grandir il faut marcher

[1] Toujours le type ancien subsistant.

« Au reste, les Liguriens conservent en ceci, comme en toute autre chose, leurs premières et plus anciennes façons de vivre. (*Diodore de Sicile*. L. v. c. 20.)»

Cambry a retrouvé en Bretagne les habitudes analogues à celles que Diodore de Sicile , prête aux Ibères Vaccéens.

« Ces peuples partagent entre eux chaque année le pays qu'ils habitent. Chacun ayant cultivé le morceau de terre qui lui est échu, rapporte en commun les fruits qu'il a recueillis. Ils en font une distribution égale. (*Diodore*. L. v. c. 22.)»

« Les mœurs et la manière de vivre des temps les plus anciens se sont conservés sans altération à *Plousganou* , dans le Finistère; le peuple qui l'habite ne se mêle point avec les autres peuples; peu d'hommes s'éloignent de la chaumière de leurs pères ; les propriétés ne s'y divisent point : on vit en commun sous un gouvernement patriarchal. Quelquefois cent individus ont des droits sur un même champ. (*Cambry*. Voyage. T. I. p. 178.)»

avec le siècle , pour être fort, il n'en faut pas subir les exagérations.

Quelques hommes doués d'une perspicacité qui tient du prodige , ont la puissance d'apercevoir la raison suffisante des événements écoulés : c'est comme une seconde vue dans le passé , une prophétie rétrospective ! Ainsi *Montesquieu*, dévoilant les causes de la grandeur et de la décadence des Romains. Ainsi *Guillaume de Humboldt*, découvrant les rares vestiges de l'antique Ibérie , et s'écriant dans l'extase des mystères qui lui sont révélés : *On ne connait du monde Ibérien que la décadence* [1].

[1] Essai sur la langue Basque.

On ne trouve dans *Strabon*, dont le livre III nous a conservé, à peu près, tout ce que nous savons sur l'Ibérie, que des notions confuses soit sur la civilisation , soit sur la barbarie qui régnaient ensemble dans la Péninsule.

« Les habitants qui habitent des villages sont d'un caractère sauvage. (L. III. c. 4. §. 8.) »

« On regarde les peuples de la Bétique comme les plus instruits de tous les Ibères ; ils s'appliquent aux belles-lettres, et possèdent des livres d'histoire très-anciens, des poëmes, et des lois écrites depuis 6000 ans, à ce qu'ils prétendent. Les autres Ibères s'appliquent aussi aux belles-lettres. » (L. III. c. 1. §. 2.)

Cette civilisation remontait-elle aussi haut? c'est ce dont il est permis de douter ! Cet état sauvage ne serait-il qu'un symptôme de décadence, de mélange à des races moins avancées?

APPENDICE.

ABYDENUS, vers 217. av. J.-C. En grec.

Histoire des Chaldéens et *des Assyriens.*

On assure qu'il s'était inspiré de l'historien *Bérose*, dont il ne reste presque rien.

Les fragments d'*Abydenus* ont été conservés par *Eusèbe*, *Saint Cyrille*, le *Syncelle*, et recueillis et commentés par *Scaliger* dans son *Thesaurus.*

AMPÈRE FILS (M.)
Cours sur les origines de la poésie Scandinave, professé à la Sorbonne.

Cours sur l'état intellectuel et littéraire de la France jusqu'au douzième siècle, professé au Collége de France en 1836.

APOLLODORE, vers 150. av. J.-C. En grec.
Bibliothèque tr. par *E. Clavier*, Paris, 1805, 2 vol. in-8°, Delance et Lesueur.

APPIEN d'Alexandrie, vers 148. En grec.
OEuvres, édit. grecque et latine de *Schweighauser*, Leipzig, 1785, 3 v. in-8°.

Appien, tr. par *Claude de Seyssel*, Lyon, in-folio, 1544.

Appian Alexandrin, des guerres des Romains, tr. par Odet Desmares, in-f° Paris, de Sommaville, 1659,

Histoire des guerres civiles de la République romaine, tr. par *J.-J. Combes Dounous*, Paris, 1808, 3 vol. in-8°.

ARTÉMIDORE, vers 100. av. J.-C. En grec.
Description de la terre.
Les fragments de ce Géographe ont été recueillis par *Hudson* dans *Geographiæ veteris scriptores græci minores*, Græcè et Latinè. Oxfort, 1698-1703-1712, 4 vol. in-8°.

ASTARLOA (D. Pueblo-Pedro de).
Apologia de la lengua Vascongada, Madrid, 1803, in-4°.

ATHÉNÉE, vers l'an 228. En grec.
Le Banquet des savants, tr. par *Lefebvre de Villebrune*, 5 vol. in-4°, Paris, Lamy, 1789-1791.

Les services que son ouvrage a rendus, pour éclaircir la botanique des anciens, ont engagé les botanistes modernes à lui consacrer un genre l'*Athenæa.*

Ausone, 309-394. En latin.
Poésies d'Ausone, tr. par l'abbé *Jaubert*, Paris, 1769, 4 vol. in-12. Th. Barrois.

Avienus (Rufus Festus), vers 400. En latin.
Ouvrages géographiques, dans le tome v. des *Poëtæ latini minores* de *Wernsdorff* avec commentaire.
Les ouvrages d'*Avienus* se composent des traductions latines des : *Phœnomena*, d'Aratus; *Periegesis*, de Denys;
Il est lui-même auteur du poëme *Ora maritima*, recueilli dans le t. iv. des petits Géographes d'*Hudson*.

Balbi (M. Adrien) de Venise, né 1784. En italien et en français.
Atlas Etnographique du globe, ou classification des peuples anciens et modernes d'après leur langue, in-f°, avec une *Introduction*, in-8°, Paris, 1826, Rey et Gravier.
Abrégé de Géographie, rédigé sur un nouveau plan, Paris, J. Renouard, 1833, in-8°.

Bory de St-Vincent (M. J.-B.-G.-M.) né 1780.
Essai sur les Iles fortunées, Paris, Beaudoin, 1802, in-4°.
Résumé géographique de la Péninsule ibérique, Paris, A. Dupont, 1826, in-18.
L'Homme (Homo), Essai Géologique sur le genre humain, 2ᵉ édit., Paris, Rey et Gravier 1827, 2 vol. in-18.

Brosses (Charles de), 1709-1777.
Traité de la formation mécanique des langues et des principes physiques de l'Étymologie, Paris, Saillant, 1765, 2 vol. in-12.
C'est le Président *de Brosses* qui le premier a proposé de considérer la Polynésie comme une cinquième partie du monde.

Brotonne (M. F. de)
Résumé de l'histoire universelle, Paris, Boulland, 1825, dans l'encyclopédie portative.
Histoire de la Filiation et des Migrations des peuples, Paris, 1837, L. Desessarts et Cⁱᵉ 2 vol. in-8°.

Bruce (Jacques), 1730-1794, en Anglais.
Voyage en Nubie et en Abyssinie, tr. par J. Castera, Paris, 1790-91, 10 vol. in-8°, atlas.

Bullet (J.-B.), 1699-1775.
Mémoires sur la langue Celtique, 5 vol. in-f°, Besançon, 1754-59-70, avec un Dictionnaire.

Cambry (Jacques), 1749-1807.
Monuments Celtiques, ou recherches sur le culte des pierres, précédées d'une notice sur les Celtes et sur

les Druides, et suivies d'Étymologies celtiques, 1805, in-8°, fig.

Voyage dans le Finistère, en 1794 et 95, Paris, 1799, 3 vol. in-8°, fig.

Césr (Jules), de 100. à 43. av. J.-C. En latin.

Mémoires, tr. par Artaud, 3 vol. in-8°, Paris, 1832. Collection de Panckoucke.

Champollion le jeune (J.-F.), 1790-1832.

Monuments de l'Egypte et de la Nubie publiés par une commission scientifique spéciale, 4 vol. in-f°, Paris, Firmin Didot.

Lettres écrites d'Egypte et de Nubie en 1828 et 1829, in-8°, *ibid.*

Grammaire Egyptienne, in-f°, *ibid.*

Lettres à M. de Blacas, formant une histoire chronologique des Dynasties Egyptiennes, d'après les monuments et les Papyrus, *ibid.*

Cluvier (Philippe), 1580-1623. En latin.

Germaniæ antiquæ, lib. tres, nec non vindelicia et Noricum, Leyde, Elzevirs, 1616, 2 vol. in-f°.

Siciliæ antiquæ libri duo, Sardinia ac Corsica antiquæ, *ibid.* 1619, in-f°.

Italia antiqua, Leyde, 1624, 2 tom. en 1 vol. in-f°. Il faut joindre à cet ouvrage les annotations de *Lucas Holstenius*, qui ayant

voyagé avec *Cluvier*, le rectifie.

Dacier (André), 1651-1722.

OEuvres d'Horace en latin et en français, avec des remarques historiques et critiques, Paris, 1681-1689, 10 vol. in-12.

Epoux de la célèbre Mme *Dacier*, des notes précieuses et manuscrites de lui, existent à la Bibliothèque royale.

Denys d'Halicarnasse, vers l'an 7 av. J.-C. En grec.

OEuvres. Edit. *d'Hudson*, Oxford, 1704, 2 vol. in-f°.

Les Antiquités Romaines tr. par *Bellanger*, 6 vol. in-8°, Calixte Volland, 1807.

Cet ouvrage finit à l'an 266. av. J.-C. précisément à l'année où commence celui de Polybe.

Denys Périégète, vers le milieu du premier siècle. En grec.

Voyage autour du monde habitable, Grec et Latin, Oxford, in-8°, 1717.

Denys Alexandrin, de *la situation du monde*, tr. en vers par Benigne Saumaise, Paris, 1597, in-12.

Diodore de Sicile : vers 50, av. J.-C. En grec. *Histoire Universelle*, tr. par l'Abbé *Terrasson*, 7 vol. in-12, Paris 1737-1744, de Bure, frères.

Eratosthènes, 276 à 196 av. J.-C. En Grec.

Fragments, grecs et latins, 1 vol. Goëtingue 1789, édit. de G. C. F. *Seidel*.

Ptolémée Evergète, le nomma directeur de la célèbre bibliothèque d'Alexandrie.

Etienne de Bysance, vers la fin du 5ᵉ siècle. En grec.

Edition grecque et latine, de *Berkelius*, achevée par Gronovius, 1694, in-f° 2ᵉ édit.

On y joint ordinairement les remarques de *Lucas Holstenius*.

Nous n'avons de son important *Dictionnaire géographique*, qu'un extrait fait par *Hermolaüs*, grammairien sous *Justinien*.

Eusèbe de Césarée (Pamphile), 267-238. En grec.

Chronique, réunie d'après les fragments, par *Scaliger*, Amsterdam, 1658, 2 vol. in-f° ; elle diffère peu de la traduction latine faite par *Saint Jérome* avec une continuation.

Histoire ecclésiastique tr. avec plusieurs autres auteurs, sous ce titre : *Histoire de l'Eglise*, par le président *Cousin*, 5 vol. in-12, 1686.

10 livres qui restent sur 55, tant de *la Préparation* que de *la Démonstration évangélique* ont été traduits en latin par *Donat* et *de Viger*, Paris 1627.

C'est dans *la Démonstration évangélique* qu'*Eusèbe* a conservé le fragment *de Sanchoniaton*.

Saint Jérome appelait *Eusèbe le prince des Ariens*.

Eustathe, vers 1198. En grec.

Commentaires sur Denys le Périégète traduits en latin par le *P. Politi*, Genève, 1741, in-8°.

Florus, vers 117. En latin.

Abrégé de l'Histoire romaine tr. par *Ragon*, 1 vol. in-8°, Paris, 1833. Collection de Panckoucke.

On le croit Espagnol, et de la famille de *Sénèque* : l'enflure de son style est en effet fort éloignée de la gravité latine.

Gosselin (P.-F.-J.), né 1751.

Géographie des Grecs analysée, etc. Paris, imp. royale, 1790, in-4°.

Recherches sur la géographie systématique et positive des Anciens, Paris, 1813, 4 vol. in-4°.

Gosselin est l'un des traducteurs de *Strabon*.

Graslin (M.-L.-F.)

De l'*Ibérie*, ou essai critique sur l'origine des premières populations de l'Espagne, Paris, 1835, in-8°, Leleux.

Grégoire de Tours (Sᵗ), 539-593. En latin.

Tr. par *Claude Bonnet*, Paris, 1610, in-8°.

Son *Historia Francorum*, en 16 livres comprend un intervalle de 174 ans, depuis l'époque de l'établissement des *Francs* dans les Gaules : rien n'offre plus d'intérêt sur nos origines.

GRUTER (Jean), 1560-1627. En latin.
Commentateur célèbre.

HERBELOT (Barthélemi d'), 1625-1695.
Bibliothèque orientale, ou Dictionnaire universel, contenant généralement tout ce qui regarde la connaissance des peuples de l'orient, in-folio.
L'édition à préférer est celle de Lahaye, 1777-79-82, 4 vol. in-4°, avec les corrections et additions de *Schultens* et de *Reiske*, et supplément par le P. *Visdelou* et A. *Galland*.

HÉRODORE. En grec.
Histoire d'Hercule, citée par *Etienne de Bysance*.

HÉRODOTE, de 484. à 408. av. J.-C. En grec.
Histoire tr. par *Larcher*, 1 vol. in-8°, Paris. A. Desrez, 1837, avec *Ctésias* et *Arrien*, édit. de *Buchon*.
Collection du Panthéon littéraire.
Vers les derniers temps de sa vie, *Hérodote* quitta la Grèce et passa en Italie.

HERVAS, Jésuite espagnol.

Catalogue des langues connues, 1784.
Origine des langues, 1785.
Traité des Grammaires.
Vocabulaire Polyglotte, Césène, 1787.
L'Oraison Dominicale en 320 langues et dialectes, Césène, 1788.

HÉSIODE, vers 890 av. J.-C. En grec.
Tr. par Coupé, 1796, 2 vol. in-8°.

HIMILCON, vers 1000. av. J.-C. En punique.
Périple, tr. du latin, d'*Aviénus* (Festus) *in ora maritima*, par *Gosselin*, dans le 4° vol. de ses *Recherches sur la géographie des anciens*.

HIPPARQUE, vers 128. av. J.-C. En grec.
Il ne nous reste de lui que son *commentaire*, sur le poëme de l'astronomie d'*Aratus*, qu'on trouve dans l'*Uranologion* du P. Petau. 1705.
On doit à *Hipparque* les premières tables des mouvements du soleil et de ceux de la lune. Il a donné aussi les règles du calcul des éclipses tant de la lune que du soleil.

HOMÈRE, 884. av. J.-C. En grec.
L'Iliade et l'Odyssée, tr. par P. J. *Bitaubé*, 6 vol. in-8°, Paris, Dentu, 1804.

HUMBOLDT (Charles-Guil-

-laume de) né 1787. En allemand.

Essai sur la langue basque.

Prüfung der untersu-
chungen über die Urbe-
wohner hispaniens, vermit-
telst der Vaskischen spra-
che. Berlin, 1821, in-4°.

Cet ouvrage qui recèle
en quelques pages des tré-
sors d'érudition, n'a jamais
été traduit, et ne le sera
probablement jamais, car
M. *Michelet*, tome 1. p.437
de son *Histoire de France,*
en a donné un extrait très-
remarquable, et qui con-
tient l'essentiel.

Joly (le P. Jos. Romain),
1715-1805.

*L'ancienne Géographie
universelle, comparée à la
moderne,* Paris, Bertrand,
1801, 2 vol. in-8° Atlas.

Josèphe (Flavius), 57-
96. En grec.

OEuvres complètes, tr.
par *Arnauld d'Andilly,*
édition de *Buchon.* Paris,
Desrez, 1 vol. in-8° 1836.
Collection du Panthéon
littéraire.

L'élégance du style de
Josèphe l'a fait surnommer
le *Tite-Live* des Grecs.

Justin, vers le milieu du
2ᵉ siècle. En latin.

*Histoire Universelle ex-
traite de Trogue Pompée,*
tr. par Jules *Pierrot* et E.
Boitard, 2 vol. in-8°, Paris,
1833. Collection de Panc-
koucke.

Juvénal (Décius Junius),
vers 90. En latin.

Satires, tr. par J. *Du-
saulx,* édition de J. *Pierrot.* Paris, 1830, 2 vol. in-8°.
Collection de Panckoucke.

Kappius, (J.)
Editeur de la Germanie
de Tacite, sous ce titre :
Germania, ex recensione
et cum select. observat.
hucusque anecdotis P. D.
Longolii ex MS. edid. J.
Kappius notasque suas adj.
PC. Hess. in-8°, Lipsiæ,
1824, Fleischer.

Klaproth (Henri-Jules)
né 1783. En latin et en allemand.

Asia Polyglotta, Paris,
1823, Schubart, avec atlas,
in-f°.

*Vocabulaire de la lan-
gue Georgienne,* Paris,
Dondey Dupré fils, 1827,
in-8°.

Larcher (Pierre-Henri)
1726-1812.

Traducteur d'*Hérodote*
et de la retraite des dix
mille de *Xénophon.*

Chariton, tomes 8 et 9
de la bibliothèque des ro-
mans grecs.

Latour d'Auvergne-
Corret, 1743-1800.

Origines gauloises, 3ᵉ
édit. in-8°, Hambourg,
1801.

Analyse de cet ouvrage,
par M. de *la Ville Mencuc,*
Paris, in-8°, Trouvé, 1824.

Latour d'Auvergne était

de la même famille que *Turenne*.

LE DEIST DE BOTIDOUX (*J.*), vers 1750.

Des Celtes antérieurement aux temps historiques, Paris, 1817, Nicolle, 1 vol. in-8°.

Commentaires de César, tr. Paris, Nicolle, 1809, 5 vol. in-8°.

LÉON (Jean) l'africain, vers 1517. En arabe et en italien.

Description de l'Afrique, tierce partie de notre monde, tr. Anvers, 1556, in-12.

LINK (H.-F.-M.). En allemand.

Voyage en Portugal de 1797 à 1799, suivi d'un essai sur le commerce de ce Royaume, tr. Paris, Levrault, 1803, 2 vol. in-8°.

Le monde primitif et l'antiquité expliqués par l'étude de la nature, tr. par **J.J.** *Clément Mullet*, 2 tom. in-8°, Paris, Gide, 1837.

LUCAIN (A. M. L.), 38-65. En latin.

Pharsale, tr. par Ph. *Charles, E. Greslan, et Courtaud*, 2 vol. in-8°, Paris, 1835-36. Collection de Panckoucke.

MALTE-BRUN (Conrad), 1775-1826.

Mélanges scientifiques et littéraires, recueillis par **J.** *Nochet*, 3 vol. in-8°, Paris, 1828, Aimé André.

Précis de la Géographie

universelle, édition de **J.J. N.** *Huot*, 12 vol. in-8°, Paris, Aimé André, 1831, atlas.

MARTIAL (M.V.), 40-100. En latin.

Epigrammes, tr. par V. *Verger*, N. A. *Dubois*, et **J.** *Mangeart*, 4 vol. in-8°, Paris, 1834-35. Collection de Panckoucke.

MAUDET DE PENHOUET (M. Armand-Bon-Louis), né en 1754.

Recherches historiques sur la Betagne, d'après ses monuments anciens et modernes, in-4°, Paris, Firmin Didot, 1814.

Archéologie Armoricaine, faisant suite aux *Recherches*. Trois Mémoires : sur le *Temple de Lanlef, les médailles armoricaines et les pierres de Carnac*. Rennes, Vᵉ Proust, 1826, in-4°.

MICHELET (M. Jules.)
Introduction à l'histoire universelle, in-8°, Paris 1834. L. Hachette, 2ᵉ édit.

Origines du droit français, in-8°, Paris 1837, *ibid*.

Histoire de France, 3 vol. in-8°, Paris 1835-37, *ibid*, non terminée.

MOKE (M. H. G.) de Bruges.

Histoire des Francs, Paris, 1835, Paulin, 1 vol. in-8°, non terminée.

M. *Moke* est l'ancien gérant du *National* de Bruxelles, qui a cessé de paraître en 1830.

MONTESQUIEU DE SECONDAT (Charles) 1689-1755.

OEuvres complètes, Paris, Lefèvre, 1835, in-8°, édit. de *Parelle.* Collection du Panthéon littéraire.

MOYSE, 1571-1451. av. J.-C. En hébreu.

Le Pentateuque, en 5 livres : la *Genèse*, l'*Exode*, le *Lévitique*, les *Nombres*, le *Deutéronome.*

La Sainte Bible, qui contient le vieux et le nouveau Testaments.

Amsterdam, J. Chatelain et fils , 1770, 1 fort vol. in-12.

Les livres de *Moyse* ont été traduits avec la Bible un grand nombre de fois.

NAHUM, vers 639. av. J.-C. En hébreu.

Le septième des petits prophètes. Sa prophétie en 3 chapitres se trouve dans toutes les traductions de la Bible.

NIEBUHR (Carsten) 1733-1815. En allemand.

Description de l'Arabie, d'après les observations faites dans le pays même, tr. par *Mourier* , revue et corrigée par *Deguignes* , Paris , 1779 , in-4°.

Voyage en Arabie et d'autres pays circonvoisins, tr. Utrecht, 1780 , 2 vol. in-4°.

PANCKOUCKE (M. C. L. F.), né 1780.

Traduction des œuvres

de C. C. *Tacite*, Paris , 1830 - 38 , 7 vol. in-8°.

PAULIN (Pontius-Mœropius S₁), 353-431. En latin.

OEuvres, édit. de *Lebrun-Desmarettes*, Paris, 1685 , 1 vol. in-4°.

Lettres tr. en français, Paris, 1724. in-8°. Cette traduction est de Cl. *Santeul*, frère du poëte, et l'édition du P. *Frassen.*

PAUSANIAS, vers 174. En grec.

Description de la Grèce, tr. par *Clavier* , 6 vol. in-8°, Paris, 1814-21.

PELLOUTIER (Simon), 1694-1757.

Histoire des Celtes, et particulièrement des Gaulois et des Germains , depuis les temps fabuleux, jusqu'à la prise de Rome , par les Gaulois , édition de *Chiniac.* Paris , Quillan , 8 vol. in-12, 1770-71.

PHILISTE, de Syracuse. En grec.

Auteur cité par *Diodore de Sicile et Denys d'Halicarnasse.*

PHYLARQUE. En grec. Auteur cité par *Athénée.*

PICTET (M. Adolphe).

Du culte des Cabires, chez les anciens Irlandais, Paris , *Paschoud*, 1824 ,-in-8°, avec un tableau.

De l'affinité des langues Celtiques avec le Sanscrit,

Paris, Duprat, 1837, 1 vol. in-8°.

Pline le naturaliste, 23-79.

Histoire naturelle, tr. avec le texte latin, 12 vol. in-4°, Paris, veuve Desaint, 1771-1782. Cette traduction est de *Poinsinet de Sivry*.

Cet ouvrage peut être considéré, comme l'Encyclopédie de son temps.

Plutarque, vers la fin du 1er siècle. En grec.

Les vies des hommes illustres, tr. en français, par *Amyot*, édit. de *E. Clavier*, 12 vol. in-8°, Paris, Cussac, an ix (1801).

OEuvres tr. par *Ricard*, 50 vol. in-12, Paris, 1783 à 1803.

Thomas l'appelait le *Montaigne des Grecs*.

Polybe, vers 150. av. J.-C. En grec.

Histoire générale de la République romaine, tr. par Dom *Thuillier*, mais mise en ordre selon le texte de *Schweighauser*, 1 vol. in-8°, Paris, A. Desrez, 1836, avec *Hérodien* et *Zozime*, édit. de *Buchon*.

Collection du Panthéon littéraire.

Scipion l'africain fut le disciple de *Polybe*.

Pomponius-Méla, vers 50. En latin.

Description de la terre, tr. par C. P. *Fradin*, 3 vol.

in-8°, Paris et Poitiers, 1804.

Posidonius, vers 70. av. J.-C. En grec.

Posidonii Rhodii reliquiæ doctrinæ, collegit atque illustravit James Bake, accedit Wittembachii adnotatio, 1810.

Etait contemporain de *Pompée*, et l'ami de *Cicéron*.

Postel (Guillaume), 1510-1681. En latin, italien et français.

De originibus seu Hebraïcæ linguæ et gentes antiquitate, deque variarum linguarum affinitate liber, Paris, 1538, in-4°.

Postel qui avait une science profonde, n'était cependant qu'un visionnaire en fait de religion. En 1547, il publia à Bâle un ouvrage qu'il dit avoir écrit sous la dictée du Saint-Esprit !

Probert (M.)
Triades de l'Ile de Bretagne, tr. du Gaëlic.

Ptolémée (Claude), vers 139. En grec.

Géographie en 8 livres, Bâle, 1533, in-4°, sans traduction latine.

L'Amageste tr. par l'abbé *Halma*, avec des notes de *Delambre*, contenant outre *l'Almageste*, la *chronologie*, les *hypothèses* et *époques* du même, et les *hypotyposes* de *Proclus Diadochus*, 4 vol. in-4°, 1816-1849-1820.

Quenin (D. J.), **D. M.** à Orgon.

Statistique du canton d'Orgon, département des Bouches-du-Rhône, dans le tome 2 du *Repertoire* des travaux de la société de statistique de Marseille, Carnaud fils, 1838, in-8°.

Reynier (Jean-Louis-Antoine), 1762-1824.
Mémoires sur la plaine du Sennaar, dont il est parlé dans la Genèse. Dans la revue philosophique de janvier 1816, n° 2.
C'est le frère du général *Reynier* (Jean-Louis-Ebenezer), avec lequel il a été souvent confondu.

Robertson (William), 1721-1793. En anglais.
Histoire de Charles-Quint, tr. par *Suard*, 1817, 4 vol. in-8°.
Histoire d'Amérique, tr. par *Suard* et *Morellet*, 1818, 5 vol. in-8°.
Histoire d'Ecosse, tr. par *Campenon*, 1821, 5 vol. in-8°.

Rosseeuw de S¹-Hilaire (M.)
Histoire d'Espagne depuis l'invasion des Goths, jusqu'au commencement du 19° siècle, Paris, F.-G. Levrault, 1837-38, 5 vol. in-8°, non terminée.

Salluste (Caius-Crispus), 87-35. av. J.-C. En latin.
OEuvres tr. par *Ch. du Rozoir*, 2 vol. in-8°, Paris,

1835. Collection de Panckoucke.

Schelling (Frédéric G^me Joseph). En allemand.
Recherches sur les Cabires de Samothrace.

Scylax l'ancien, vers 500. av. J.-C. En grec.
Périple, édit. d'*Isaac Vossius*, Amsterdam, 1639, in-4°, avec des notes, une version latine, et le *périple* anonyme des côtes des Palus Méotides et du Pont-Euxin. On le trouve aussi dans la collection d'*Hudson*.

Servius, au 5° siècle. En latin.
Commentaires sur Virgile, etc., avec le texte de *Virgile*, édit. de Burmann, 1746, 4 vol. in-4°.

Silius-Italicus, Consul Romain, l'an 68. En latin.
Les Puniques, tr. par E. F. *Corpet* et N. A. *Dubois*, Paris, 3 vol. in-8°, 1836-1838. Collection de Panckoucke.
Silius-Italicus, avait deux maisons de plaisance qu'il habitait alternativement dans sa vieillesse, l'une avait appartenu à *Cicéron*, l'autre à *Virgile*.

Socrate le scholastique, au commencement du 5° siècle. En grec.
• *Histoire* tr. par le président Cousin, avec celle d'*Eusèbe* de *Césarée*, dont elle est la suite.

Solin, vers 250. En latin.

Polyhistor, édition de Saumaise, Utrecht, in-f°, 1689.

Spire (Jean de), M.1470. Premier éditeur de *Tacite*, en 1470, selon M. Brunet.

Strabon, de 50. av. J.-C. à l'an 38. de J.-C. *Géographie*, tr. du grec en français, 5 vol. in-4°, Paris, 1805-1819. Cette traduction est de MM. *Gosselin, Laporte-du-Theil, Coray* et *Letronne*.

Sulpice Sévère, 363-429. En latin. *OEuvres*, Leyde, Elzevirs, 1643, in-12. Vie de S.ᵗ *Martin de Tours*, avec trois *Dialogues*, Paris, 1511, in-4°. *Histoire sacrée*, trad. par l'abbé *Paul*. *Sulpice-Sévère* a été surnommé le *Salluste chrétien*.

Tacite (Caius-Cornélius) 54-135. En latin. *OEuvres*, tr. par C. L. F. *Panckoucke*, 7 vol. in-8°, Paris, 1830-1838. Collection de Panckoucke. Ce livre si court, sur un vaste sujet, dit *Montesquieu*, en parlant des *mœurs des Germains*, est d'un homme qui abrège tout parce qu'il voit tout.

Thierry (M. Amédée). *Histoire des Gaulois*, depuis les temps les plus reculés jusqu'à l'entière sou-

mission de la Gaule à la domination romaine , 2ᵉ édit., Paris, Hachette, 3 vol. in-8° , 1835.

Thierry (M. Augustin). *Histoire de la conquête de l'Angleterre par les Normands*, 3ᵉ édit., 4 vol. in-8°. et atlas, Paris, Just Tessier. *Lettres sur l'histoire de France*, 4ᵉ édit., 1 vol. in-8°, ibid., 1834. *Dix ans d'études historiques*, ibid., 1835, 1 vol. in-8°.

Thucydide, 471-392. av. J.-C. En grec. *OEuvres complètes* avec celles de *Xénophon*, tr. par *Levesque* (P. Ch.), Paris, A. Desrez, 1836, in-8°, édition de Buchon. Collection du Panthéon littéraire.

Tite-Live, de 59. av. J.-C. à l'an 17. En latin. *Histoire Romaine*, tr. par *Liez, Verger, Dubois* et *Corpet*, 17 vol. in-8°, Paris, 1830-33. Collection de Panckoueke. Il ne nous reste que 35 livres de 140 qui composaient son histoire, et qui avaient été divisés en décades, c'est-à-dire de dix en dix livres. Henri IV disait : qu'il eut donné une province pour la découverte d'une décade de cet historien.

Ursin (M. P.-F.-M.), de Nantes.

Sur l'origine des peuples de l'Armorique et du pays de Galles. Lycée Armoricain., Nantes, 1825, in-8°, Mellinet-Malassis.

Sur les plus anciennes colonies établies en Italie, et sur la religion primitive des fondateurs de Rome, *ibid.*

VALERIUS FLACCUS, M. vers 111. En latin.

Tr. en Prose par *Caussin de Perceval*, Paris, 1829, in-8°. Collection de Panckoucke.

VARRON (Marcus-Terentius), 116 à 27. av. J.-C. En latin.

De lingua latina, 1788, 2 vol. in-8°, fait partie de la collection de Deux-Ponts.

Traité d'agriculture, tr. par *Saboureux* de la Bonnéterie dans ses *anciens ouvrages latins relatifs à l'agriculture*, Paris, 1783, 6 vol in-8°.

VIRGILE (Publius-Maro), de 70 à 18. av. J.-C. En latin.

OEuvres complètes, tr. par *Charpentier, Ville-nave, Amar, Valentin-Parisot* et *Fée,* 4 vol. in-8°, 1831-1835. Collection de Panckoucke.

L'empereur Sévère appelait *Virgile* le *Platon* des poëtes.

Sainte-Ménehould, Imp. de POIGNÉE-DARNAULD.